U0819407

名家散文珍藏

汪曾祺散文

汪曾祺 著

浙江文艺出版社

扫一扫，走近名家

目录

人间草木

行色匆匆

一辈古人

四方食事

人间草木

屋里有一盆很大的素心兰，开得正好。好看的女人、小白猫、兰花的香味，这一切是一个梦境。

人间草木

山丹丹

我在大青山挖到一棵山丹丹。这棵山丹丹的花真多。招待我们的老堡垒户看了看，说："这棵山丹丹有十三年了。"

"十三年了？咋知道？"

"山丹丹长一年，多开一朵花。你看，十三朵。"

山丹丹记得自己的岁数。

我本想把这棵山丹丹带回呼和浩特，想了想，找了把铁锹，在老堡垒户的开满了蓝色党参花的土台上刨了个坑，把这棵山丹丹种上了。问老堡垒户：

“能活？”

“能活。这东西，皮实。”

大青山到处是山丹丹，开七朵花、八朵花的，多的是。

> 山丹丹花开花又落，
>
> 一年又一年……

这支流行歌曲的作者未必知道，山丹丹过一年多开一朵花。唱歌的歌星就更不会知道了。

枸　杞

枸杞到处都有。枸杞头是春天的野菜。采摘枸杞的嫩头，略焯过，切碎，与香干丁同拌，浇酱油醋香油；或入油锅爆炒，皆极清香。夏末秋初，开淡紫色小花，谁也不注意。随即结出小小的红色的卵形浆果，即枸杞子。我的家乡叫作狗奶子。

我在玉渊潭散步，在一个山包下的草丛里看见一对老夫妻弯着腰在找什么。他们一边走，一边搜索。走几步，停一停，弯腰。

“您二位找什么？”

“枸杞子。”

“有吗?”

老同志把手里一个罐头玻璃瓶举起来给我看，已经有半瓶了。

“不少!”

“不少!”

他解嘲似的哈哈笑了几声。

“您慢慢捡着!”

“慢慢捡着!”

看样子这对老夫妻是离休干部，穿得很整齐干净，气色很好。

他们捡枸杞子干什么?是配药?泡酒?看来都不完全是。真要是需要，可以托熟人从宁夏捎一点或寄一点来。——听口音，老同志是西北人，那边肯定会有熟人。

他们捡枸杞子其实只是玩!一边走着，一边捡枸杞子，这比单纯的散步要有意思。这是两个童心未泯的老人，两个老孩子!

人老了，是得学会这样的生活。看来，这二位中年时也是很会生活，会从生活中寻找乐趣的。他们为人一定很好，很厚道。他们还一定不贪权势，甘于淡泊。夫妻间一定不会为柴米油盐、儿女婚嫁而吵嘴。

从钓鱼台到甘家口商场的路上，路西，有一家的门头上种了很大的一丛枸杞，秋天结了很多枸杞子，通红通红的，礼花似的，喷泉似的垂挂下来，一个珊瑚珠穿成的华盖，好看极了。这丛枸杞可以拿到花会上去展览。这家怎么会想起在门头上种一丛枸杞？

槐　花

玉渊潭洋槐花盛开，像下了一场大雪，白得耀眼。来了放蜂的人。蜂箱都放好了，他的“家”也安顿了。一个刷了涂料的很厚的黑色的帆布篷子。里面打了两道土堰，上面架起几块木板，是床。床上一卷铺盖。地上排着油瓶、酱油瓶、醋瓶。一个白铁桶里已经有多半桶蜜。外面一个蜂窝煤炉子上坐着锅。一个女人在案板上切青蒜。锅开了，她往锅里下了一把干切面。不大会儿，面熟了，她把面捞在碗里，加了佐料、撒上青蒜，在一个碗里舀了半勺豆瓣。一人一碗。她吃的是加了豆瓣的。

蜜蜂忙着采蜜，进进出出，飞满一天。

我跟养蜂人买过两次蜜，绕玉渊潭散步回来，经过他的棚子，大都要在他门前的树墩上坐一坐，抽一支烟，看他收蜜，刮蜡，跟他聊两句，彼此都熟了。

这是一个五十岁上下的中年人，高高瘦瘦的，身体像是不太好，他做事总是那么从容不迫，慢条斯理的。样子不像个农民，倒有点像一个农村小学校长。听口音，是石家庄一带的。他到过很多省。哪里有鲜花，就到哪里去。菜花开的地方，玫瑰花开的地方，苹果花开的地方，枣花开的地方。每年都到南方去过冬，广西、贵州。到了春暖，再往北翻。我问他是不是枣花蜜最好，他说是荆条花的蜜最好。这很出乎我的意外。荆条是个不起眼的东西，而且我从来没有见过荆条开花，想不到荆条花蜜却是最好的蜜。我想他每年收入应当不错。他说比一般农民要好一些，但是也落不下多少：蜂具，路费；而且每年要赔几十斤白糖——蜜蜂冬天不采蜜，得喂它糖。

女人显然是他的老婆。不过他们岁数相差太大了。他五十了，女人也就是三十出头。而且，她是四川人，说四川话。我问他：你们是怎么认识的？他说：她是新繁县人。那年他到新繁放蜂，认识了。她说北方的大米好吃，就跟来了。

有那么简单？也许她看中了他的脾气好，喜欢这样安静平和的性格？也许她觉得这种放蜂生活，东南西北到处跑，好耍？这是一种农村式的浪漫主义。四川女孩子做事往往很洒脱，想咋个就咋个，不像北方女孩子有那么多考虑。他们结婚已经几年了。丈夫对她好，她对丈夫也很体贴。她觉得她的选择没有错，很满意，不后悔。我问养蜂人：她回去过没有？他说：回去过一次，一个人，他让她带了两千块钱，她买了好些礼物送人，风风光光地回了一趟新繁。

一天，我没有看见女人，问养蜂人，她到哪里去了。养蜂人说：到我那大儿子家去了，去接我那大儿子的孩子。他有个大儿子，在北京工作，在汽车修配厂当工人。

她抱回来一个四岁多的男孩，带着他在棚子里住了几天。她带他到甘家口商场买衣服，买鞋，买饼干，买冰糖葫芦。男孩子在床上玩鸡啄米，她靠着被窝用钩针给他钩一顶大红的毛线帽子。她很爱这个孩子。这种爱是完全非功利的，既不是讨丈夫的欢心，也不是为了和丈夫的儿子一家搞好关系。这是一颗很善良，很美的心。孩子叫她奶奶，奶奶笑了。

过了几天，她把孩子又送了回去。

过了两天，我去玉渊潭散步，养蜂人的棚子拆了，蜂箱集中在一起。等我散步回来，养蜂人的大儿子开来一辆卡车，把棚柱、木板、煤炉、锅碗和蜂箱装好，养蜂人两口子坐上车，卡车开走了。

玉渊潭的槐花落了。

关于葡萄

葡萄和爬山虎

一个学农业的同志告诉我：谷子是从狗尾巴草变来的，葡萄是从爬山虎变来的。我听了，觉得很有意思。谷子和狗尾巴草，葡萄和爬山虎，长得是很像。

另一个学农业的同志说：这没有科学根据，这是想象。

就算是想象吧，我还是觉得这想象得很有意思。我觉得不是没有这种可能。世界上的东西，总是由别的什么东西变来的。我们现在有了这么多品种的葡萄，有玫瑰香、马奶、金铃、秋紫、黑罕、白拿破仑、巴勒斯坦、虎眼、牛心、大粒白、柔丁香、白香蕉……颜色、形状、果粒大小、酸甜、香味，各不相同。它们是从来就有的吗？不会的。最初一定只有一种果粒只有胡椒那样大，颜色半青半紫，味道酸涩的那么一种东西。是什么东西呢？大概就是爬山虎。

从狗尾巴草到谷子，从爬山虎到葡萄，是一个很漫长的过程。这种变化，是在人的参与之下完成的。人说：要大穗，要香甜多汁，于是谷子和葡萄就成了现在这样。

葡萄是人创造出来的。

葡萄的来历

至少玫瑰香不是张骞从西域带回来的。玫瑰香的家谱是可以查考的。它的故乡，是英国。

中国的葡萄是什么时候有的，从哪里来的，自来有不同的说法。

最流行的说法是：张骞从西域带回来的，在汉武帝的时候，即公元前一三〇年左右。《图经》：“张骞使西域，得其种而还，种之，中国始有。”《齐民要术》：“汉武帝使张骞至大宛，取葡萄实，于离宫别馆旁尽种之。”人们很愿意相信这种说法，因为可以发思古之幽情。“空见葡萄入汉家”，让人感到历史的寥廓。说张骞带回葡萄，是有根据的。现在还大量存在的夸耀汉朝的国力和武功的“葡萄海马镜”，可以证明。新疆不是现在还出很好的葡萄吗？

但是是不是张骞之前，中国就没有葡萄？有人是怀疑过的。魏文帝曹丕《与吴监书》，是专谈葡萄的，他只说："中国珍果甚多，且复为说葡萄。"安邑是个出葡萄的地方。《安邑果志》载，"《蒙泉杂言》《酉阳杂俎》与《六帖》皆载：葡萄由张骞自大宛移植汉宫。按《本草》已具神农九种，当涂熄火，去骞未远，而魏文之诏，实称中国名果，不言西来。是唐以前无此论"（《植物名实图考长编》引）。《县志》的作者以为中国本来就有。他还以为中国本土的葡萄和张骞带回来的葡萄"别是一种"。

魏晋时葡萄还不多见，所以曹丕才专门写了一篇文章；庾信和尉瑾才对它"体"了半天"物"，一个说"有类软枣"，一个说"似生荔枝"。唐宋以后，就比较普遍，不是那样珍贵难得了。宋朝有一个和尚画家温日观就专门画葡萄。

张骞带回的葡萄是什么品种的呢？从"葡萄海马镜"上看不出。从拓片上看，只是黑的一串，果粒是圆的。

魏文帝吃的是什么葡萄？不知道。他只说是这种葡萄很好吃："当其夏末涉秋，尚有余暑，醉酒宿醒，掩露而食，甘而不饴，脆而不酸，冷而不寒，味长汁多，除烦解倦。"没有说是什么颜色，什么形状，——他吃的葡萄是"脆"的，这是什么葡萄？

温日观所画的葡萄，我所见到的都是淡墨的，没有着色。从墨色看，是深紫的。果粒都作正圆，有点像是秋紫或是金铃。

反正，张骞带回来的，曹丕吃的，温日观画的，都不是玫瑰香。

中国现在的葡萄以玫瑰香为大宗。以玫瑰香为其大宗的现在的中国葡萄是从山东传开来的。其时最早不超过明代。

山东的葡萄是外国的传教士带进来的。

他们最先带来的是葡萄酒。——这种葡萄酒是洋酒，和“葡萄美酒夜光杯”的葡萄酒是两码事。这是传教必不可少的东西。在做礼拜领圣餐的时候，都要让信徒们喝一口葡萄酒，这是耶稣的血。传教士们漂洋过海地到中国来，船上总要带着一桶一桶的葡萄酒。

从本国带酒来很不方便，于是有的教士就想起带了葡萄苗来，到中国来种。收了葡萄，就地酿酒。

他们把葡萄种在教堂墙内的花园里。

中国的农民留神看他们种葡萄。哦，是这样的！这个农民撅了几根葡萄藤，插在土里。葡萄出芽了，长大了，结了很多葡萄。

这就传开了。

现在，中国到处都是玫瑰香。

这故事是一个种葡萄的果农告诉我的。他说：中国的农民是很能干的。什么事都瞒不过中国人。中国人一看就会。

葡萄月令

一月，下大雪。

雪静静地下着。果园一片白。听不到一点声音。

葡萄睡在铺着白雪的窖里。

二月里刮春风。

立春后，要刮四十八天“摆条风”。风摆动树的枝条，树醒了，忙忙地把汁液送到全身。树枝软了。树绿了。

雪化了，土地是黑的。

黑色的土地里，长出了茵陈蒿。碧绿。

葡萄出窖。

把葡萄窖一锹一锹挖开。挖下的土，堆在四面。葡萄藤露出来了，乌黑的。有的梢头已经绽开了芽苞，吐出指甲大的苍白的小叶。它已经等不及了。

把葡萄藤拉出来，放在松松的湿土上。

不大一会，小叶就变了颜色，叶边发红；——又不大一会，绿了。

三月，葡萄上架。

先得备料。把立柱、横梁、小棍，槐木的、柳木的、杨木的、桦木的，按照树棵大小，分别堆放在旁边。立柱有汤碗口粗的、饭碗口粗的、茶杯口粗的。一棵大葡萄得用八根、十根，乃至十二根立柱。中等的，六根、四根。

先刨坑，竖柱。然后搭横梁，用粗铁丝摽紧。然后搭小棍，用细铁丝缚住。

然后，请葡萄上架。把在土里趴了一冬的老藤扛起来，得费一点劲。大的，得四五个人一起来。“起！——起！”哎，它起来了。把它放在葡萄架上，把枝条向三面伸开，像五个指头一样地伸开，扇面似的伸开。然后，用麻筋在小棍上固定住。葡萄藤舒舒展展、凉凉快快地在上面待着。

上了架，就施肥。在葡萄根的后面，距主干一尺，挖一道半月形的沟，把大粪倒在里面。葡萄上大粪，不用稀释，就这样把原汁大粪倒下去。大棵的，得三四桶。小葡萄，一桶也就够了。

四月，浇水。

挖窖挖出的土，堆在四面，筑起垄，就成一个池子。池里放满了水。葡萄园里水气泱泱，沁人心肺。

葡萄喝起水来是惊人的。它真是在喝哎！葡萄藤的组织跟别的果树不一样，它里面是一根一根细小的导管。这一点，中国的古人早就发现了。《图经》云：“根苗中空相通，圃人将货之，欲得厚利。暮溉其根，而晨朝水浸子中矣，故俗呼其苗为木通。”“暮溉其根，而晨朝水浸子中矣”，是不对的，葡萄成熟了，就不能再浇水了。再浇，果粒就会涨破。“中空相通”却是很准确的。浇了水，不大一会，它就从根直吸到梢，简直是小孩嘬奶似的拼命往上嘬。浇过了水，你再回来看看吧：梢头切断过的破口，就嗒嗒地往下滴水了。

是一种什么力量使葡萄拼命地往上吸水呢？

施了肥，浇了水，葡萄就使劲抽条、长叶子。真快！原来是几根枯藤，几天工夫，就变成青枝绿叶的一大片。

五月，浇水，喷药，打梢，掐须。

葡萄一年不知道要喝多少水，别的果树都不这样。别的果树都是刨一个“树碗”，往里浇几担水就得了，没有像它这样的“漫灌”，整池子地喝。

喷波尔多液。从抽条长叶，一直到坐果成熟，不知道要喷多少次。喷了波尔多液，太阳一晒，葡萄叶子就都变成蓝的了。

葡萄抽条，丝毫不知节制，它简直是瞎长！几天工夫，就抽出好长一截的新条。这样长法还行呀，还结不结果呀？因此，过几天就得给它打一次条。葡萄打条，也用不着什么技巧，是个人就能干，拿起树剪，劈劈啪啪，把新抽出来的一截都给它铰了就得了。一铰，一地的长着新叶的条。

葡萄的卷须，在它还是野生的时候是有用的，好攀附在别的什么树木上。现在，已经有人给它好好地固定在架上了，就一点用也没有了。卷须这东西最耗养分，——凡是作物，都是优先把养分输送到顶端，因此，长出来就给它掐了，长出来就给它掐了。

葡萄的卷须有一点淡淡的甜味。这东西如果腌成咸菜，大概不难吃。

五月中下旬，果树开花了。果园，美极了。梨树开花了，苹果树开花了，葡萄也开花了。

都说梨花像雪，其实苹果花才像雪，雪是厚重的，不是透明的。梨花像什么呢？——梨花的瓣子是月亮做的。

有人说葡萄不开花，哪能呢？只是葡萄花很小，颜色淡黄微绿，不钻进葡萄架是看不出的。而且它开花期很短。很快，就结出了绿豆大的葡萄粒。

六月，浇水、喷药、打条、掐须。

葡萄粒长了一点了，一颗一颗，像绿玻璃料做的纽子。硬的。

葡萄不招虫。葡萄会生病，所以要经常喷波尔多液。但是它不像桃，桃有桃食心虫；梨，梨有梨食心虫。葡萄不用疏虫果。——果园每年疏虫果是要费很多工的。虫果没有用，黑黑的一个半干的球，可是它耗养分呀！所以，要把它

“疏”掉。

七月，葡萄“膨大”了。

掐须、打条、喷药，大大地浇一次水。

追一次肥。追硫铵。在原来施粪肥的沟里撒上硫铵。然后，就把沟填平了，把硫铵封在里面。

汉朝是不会追这次肥的。汉朝没有硫铵。

八月，葡萄“着色”。

你别以为我这里是把画家的术语借用来了。不是的。这是果农的语言，他们就叫“着色”。

下过大雨，你来看看葡萄园吧，那叫好看！白的像白玛瑙，红的像红宝石，紫的像紫水晶，黑的像黑玉。一串一串，饱满、瓷棒、挺括，璀璨琳琅。你就把《说文解字》里的带玉字偏旁的字都搬了来吧，那也不够用呀！

可是你得快来！明天，对不起，你全看不到了。我们要喷波尔多液了。一喷波尔多液，它们的晶莹鲜艳全都没有了，它们蒙上一层蓝兮兮、白糊糊的东西，成了磨砂玻璃。我们不得不这样干。葡萄是吃的，不是看的。我们得保护它。

过不了两天，就下葡萄了。

一串一串剪下来，把病果、瘪果去掉，妥妥地放在果筐里。果筐满了，盖上盖，要一个棒小伙子跳上去蹦两下，用麻筋缝的筐盖。——新下的果子，不怕压，它很结实，压不坏。倒怕是装不紧，哐里哐当的。那，来回一晃悠，全得烂！

葡萄装上车，走了。

去吧，葡萄，让人们吃去吧！

九月的果园像一个生过孩子的少妇，宁静、幸福而慵懒。

我们还要给葡萄喷一次波尔多液。哦，下了果子，就不管了？人，总不能这样无情无义吧。

十月，我们有别的农活。我们要去割稻子。葡萄，你愿意怎么长，就怎么长着吧。

十一月，葡萄下架。

把葡萄架拆下来。检查一下，还能再用的，搁在一边。糟朽了的，只好烧火。立柱、横梁、小棍，分别堆垛起来。

剪葡萄条。干脆得很，除了老条，一概剪光。葡萄又成了一个大秃子。

剪下的葡萄条，挑有三个芽眼的，剪成二尺多长的一截，捆起来，放在屋里，准备明春插条。

其余的，连枝带叶，都用竹笤帚扫成一堆，装走了。

葡萄园光秃秃。

十一月下旬，十二月上旬，葡萄入窖。

这是个重活。把老本放倒，挖土把它埋起来。要埋得很厚实。外面要用铁锹拍平。这个活不能马虎。都要经过验收，才给记工。

葡萄窖，一个一个长方形的土墩墩。一行一行，整整齐齐地排列着。风一吹，土色发了白。

这真是一年的冬景了。热热闹闹的果园，现在什么颜色都没有了。眼界空阔，一览无余，只剩下发白的黄土。

下雪了。我们踏着碎玻璃碴似的雪，检查葡萄窖，扛着铁锹。

一到冬天，要检查几次。不是怕别的，怕老鼠打了洞。葡萄窖里很暖和，老鼠爱往这里面钻。它倒是暖和了，咱们的葡萄可就受了冷啦！

夏　天

夏天的早晨真舒服。空气很凉爽，草尖还挂着露水（蜘蛛网上也挂着露水）。写大字一张，读古文一篇。夏天的早晨真舒服。

凡花大都是五瓣，栀子花却是六瓣。山歌云："栀子花开六瓣头。"栀子花粗粗大大。色白，近蒂处微绿，极香，香气简直有点叫人受不了，我的家乡人说是"碰鼻子香"。栀子花粗粗大大，又香得掸都掸不开，于是为文雅人不取，以为品格不高。栀子花说："去你妈的，我就是要这样香，香得痛痛快快，你们他妈的管得着吗！"

人们往往把栀子花和白兰花相比。苏州姑娘串街卖花，娇声叫卖："栀子花！白兰花！"白兰花花朵半开，娇娇嫩嫩，如象牙白玉，香气文静，但有点甜俗，为上海长三堂子的"倌人"所喜，因为听说白兰花要到夜间枕上才格外地香。我觉得红"倌人"的枕上之花，不如船娘髻边之花更为刺激。

夏天的花里最为幽静的是珠兰。

牵牛花短命。早晨沾露才开，午时即已萎谢。

秋葵也命薄。瓣淡黄，白心，心外有紫晕。风吹薄瓣，楚楚可怜。

凤仙花有单瓣者，有重瓣者。重瓣者如小牡丹，凤仙花茎粗肥，湖南人用以腌"臭咸菜"，此吾乡所未有。

马齿苋、狗尾巴草、益母草，都长得非常旺盛。

淡竹叶开浅蓝色小花，如小蝴蝶，很好看。叶片微似竹叶而较柔软。

"万把钩"即苍耳。因为结的小果上有许多小钩，碰到它就会挂在衣服上，得小心摘去。所以孩子叫它"万把钩"。

我们那里有一种"巴根草"，贴地而长，见缝扎根，一棵草蔓延开来，长了很多根，横的，竖的，一大片。而且非常顽强，拉扯不断。很小的孩子就会唱：

巴根草，
绿茵茵，
唱个唱，
把狗听。

最讨厌的是“臭芝麻”。掏蟋蟀、捉金铃子，常常沾了一裤腿。其臭无比，很难除净。

西瓜以绳络悬之井中，下午剖食，一刀下去，喀嚓有声，凉气四溢，连眼睛都是凉的。

天下皆重“黑籽红瓤”，吾乡独以“三白”为贵：白皮、白瓤、白籽。“三白”以东墩产者最佳。

香瓜有：牛角酥，状似牛角，瓜皮淡绿色，刨去皮，则瓜肉浓绿，籽赤红，味浓而肉脆，北京亦有，谓之“羊角蜜”；虾蟆酥，不甚甜而脆，嚼之有黄瓜香；梨瓜，大如拳，白皮，白瓤，生脆有梨香；有一种较大，皮色如虾蟆，不甚甜，而极“面”，孩子们称之为“奶奶哼”，说奶奶一边吃，一边“哼”。

蝈蝈，我的家乡叫作“叫蚰子”。叫蚰子有两种。一种叫“侉叫蚰子”，那真是“侉”，跟一个小驴子似的，叫起来

“呱呱呱呱”很吵人。喂它一点辣椒，更吵得厉害。一种叫“秋叫蛐子”，全身碧绿如玻璃翠，小巧玲珑，鸣声亦柔细。

别出声，金铃子在小玻璃盒子里爬哪！它停下来，吃两口食，——鸭梨切成小骰子块。它叫了：丁零零零……

乘凉。

搬一张大竹床放在天井里，横七竖八一躺，浑身爽利，暑气全消。看月华。月华五色晶莹，变幻不定，非常好看。月亮周围有了一个模模糊糊的大圆圈，谓之“风圈”，近几天会刮风。“乌猪子过江了”——黑云漫过天河，要下大雨。

一直到露水下来，竹床子的栏杆都湿了，才回去，这时已经很困了，才沾藤枕（我们那里夏天都枕藤枕或漆枕），已入梦乡。

鸡头米老了，新核桃下来了，夏天就快过去了。

北京的秋花

桂　花

桂花以多为胜。《红楼梦》薛蟠的老婆夏金桂家“单有几十顷地种桂花”，人称“桂花夏家”。“几十顷地种桂花”，真是一个大观！四川新都桂花甚多。杨升庵祠在桂湖，环湖植桂花，自山坡至水湄，层层叠叠，都是桂花。我到新都谒升庵祠，曾作诗：

桂湖老桂发新枝，
湖上升庵旧有祠。

一种风流谁得似，
状元词曲罪臣诗。

杨升庵是才子，以一甲一名中进士，著作有七十种。他因“议大礼”获罪，充军云南，七十余岁，客死于永昌。陈老莲曾画过他的像，“醉则簪花满头”，面色酡红，是喝醉了的样子。从陈老莲的画像看，升庵是个高个儿的胖子。但陈老莲恐怕是凭想象画的，未必即像升庵。新都人为他在桂湖建祠，升庵死若有知，亦当欣慰。

北京桂花不多，且无大树。颐和园有几棵，没有什么人注意。我曾在藻鉴堂小住，楼道里有两棵桂花，是种在盆里的，不到一人高！

我建议北京多种一点桂花。桂花美阴，叶坚厚，入冬不凋。开花极香浓，干制可以做元宵馅、年糕。既有观赏价值，也有经济价值，何乐而不为呢？

菊　花

秋季广交会上摆了很多盆菊花。广交会结束了，菊花还没有完全开残。有一个日本商人问管理人员：“这些花你们打算怎么处理？”答云：“扔了！”——“别扔，我买。”他给了一点钱，把开得还正盛的菊花全部包了，订了一架飞机，把菊花从广州空运到日本，张贴了很大的海报："中国菊展"。卖门票，参观的人很多。他捞了一大笔钱。这件事叫我有两点感想：一是日本商人真有商业头脑，任何赚钱的机会都不放过，我们的管理人员是老爷，到手的钱也抓不住。二是中国的菊花好，能得到日本人的赞赏。

中国人长于艺菊，不知始于何年，全国有几个城市的菊花都负盛名，如扬州、镇江、合肥，黄河以北，当以北京为最。

菊花品种甚多，在众多的花卉中也许是最多的。

首先，有各种颜色。最初的菊大概只有黄色的。"鞠有黄华""零落黄花满地金"，"黄华"和菊花是同义词。后来就发展到什么颜色都有了。黄色的、白色的、紫的、红的、粉的，都有。挪威的散文家别伦·别尔生说各种花里只有菊花有绿色的，也不尽然，牡丹、芍药、月季都有绿的，但像绿菊那样绿得像初新的嫩蚕豆那样，确乎是没有。我几年前回乡，在公园里看到一盆绿菊，花大盈尺。

其次，花瓣形状多样，有平瓣的、卷瓣的、管状瓣的。在镇江焦山见过一盆"十丈珠帘"，细长的管瓣下垂到地，说"十丈"当然不会，但三四尺是有的。

北京菊花和南方的差不多，狮子头、蟹爪、小鹅、金背大红……南北皆相似，有的连名字也相同。如一种浅红的瓣，极细而卷曲如一头乱发的，上海人叫它"懒梳妆"，北京人也叫它“懒梳妆”，因为得其神韵。

有些南方菊种北京少见。扬州人重“晓色”，谓其色如初日晓云，北京似没有。“十丈珠帘”，我在北京没见过。“枫叶芦花”，紫平瓣，有白色斑点，也没有见过。

我在北京见过的最好的菊花是在老舍先生家里。老舍先生每年要请北京市文联、文化局的干部到他家聚聚，一次是腊月，老舍先生的生日（我记得是腊月二十三）；一次是重阳节左右，赏菊。老舍先生的哥哥很会莳弄菊花。花很鲜艳；菜有北京特点（如芝麻酱炖黄花鱼、“盒子菜”）；酒“敞开供应”，既醉既饱，至今不忘。

我不赞成搞菊山菊海，让菊花都按部就班，排排坐，或挤成一堆，闹闹嚷嚷。菊花还是得一棵一棵地看，一朵一朵地看。更不赞成把菊花缚扎成龙、成狮子，这简直是糟蹋了菊花。

秋葵·鸡冠·凤仙·秋海棠

秋葵我在北京没有见过，想来是有的。秋葵是很好种的，在篱落、石缝间随便丢几个种子，即可开花。或不烦人种，也能自己开落。花瓣大、花浅黄，淡得近乎没有颜色，瓣有细脉，瓣内侧近花心处有紫色斑。秋葵风致楚楚，自甘寂寞。不知道为什么，秋葵让我想起女道士。秋葵亦名鸡脚葵，以其叶似鸡爪。

我在家乡县委招待所见一大丛鸡冠花，高过人头，花大如扫地笤帚，颜色深得吓人一跳。北京鸡冠花未见有如此之粗野者。

凤仙花可染指甲，故又名指甲花。凤仙花捣烂，少入矾，敷于指尖，即以凤仙叶裹之，隔一夜，指甲即红。凤仙花茎可长得很粗，湖南人或以入臭坛腌渍，以佐粥，味似臭苋菜秆。

秋海棠北京甚多，齐白石喜画之。齐白石所画，花梗颇长，这在我家那里叫作“灵芝海棠”。诸花多为五瓣，唯秋海棠为四瓣。北京有银星海棠，大叶甚坚厚，上洒银星，秆亦高壮，简直近似木本。我对这种孙二娘似的海棠不大感兴趣。我所不忘的秋海棠总是伶仃瘦弱的。我的生母得了肺病，怕“过人”——传染别人，独自卧病，在一座偏房里，我们都叫那间小屋为“小房”。她不让人去看她，我的保姆要抱我去让她看看，她也不同意。因此我对我的母亲毫无印象。她死后，这间“小房”成了堆放她的嫁妆的储藏室，成年锁着。我的继母偶尔打开，取一两件东西，我也跟了进去。“小房”外面有一个小天井，靠墙有一个秋叶形的小花坛，不知道是谁种了两三棵秋海棠，也没有人管它，它在秋天竟也开花。花色苍白，样子很可怜。不论在哪里，我每看到秋海棠，总要想起我的母亲。

黄栌·爬山虎

霜叶红于二月花。

西山红叶是黄栌，不是枫树。我觉得不妨种一点枫树，这样颜色更丰富些。日本枫娇红可爱，可以引进。

近年北京种了很多爬山虎，入秋，爬山虎叶转红。

沿街的爬山虎红了。

北京的秋意浓了。

草木虫鱼鸟兽

雁

“爬山调”：“大雁南飞头朝西……”

诗人韩燕如告诉我，他曾经用心观察过，确实是这样。他惊叹草原人民对生活的观察的准确而细致。他说：“生活！生活！……”

为什么大雁南飞要头朝着西呢？草原上的人说这是依恋故土。“爬山调”是用这样的意思作比喻和起兴的。

“大雁南飞头朝西……”

河北民歌：“八月十五雁门开，孤雁头上带霜来……”

“孤雁头上带霜来”，这写得多美呀！

琥 珀

我在祖母的首饰盒子里找到一个琥珀扇坠。一滴琥珀里有一只小黄蜂。琥珀是透明的，从外面可以清清楚楚地看到黄蜂。触须、翅膀、腿脚，清清楚楚，形态如生，好像它还活着。祖母说，黄蜂正在飞动，一滴松脂滴下来，恰巧把它裹住。松脂埋在地下好多年，就成了琥珀。祖母告诉我，这样的琥珀并非罕见，值不了多少钱。

后来我在一个宾馆的小卖部看到好些人造琥珀的首饰。各种形状的都有，都琢治得很规整，里面也都压着一只昆虫。有一个项链上的淡黄色的琥珀片里竟压着一只蜻蜓。这些昆虫都很完整，不缺腿脚，不缺翅膀，但都是僵直的，缺少生气。显然这些昆虫是弄死了以后，被精心地、端端正正地压在里面的。

我不喜欢这种里面压着昆虫的人造琥珀。

我的祖母的那个琥珀扇坠之所以美，是因为它是偶然形成的。

美，多少要包含一点偶然。

瓢虫

瓢虫有好几种，外形上的区别在鞘翅上有多少黑点。这种黑点，昆虫学家谓之“星”。有七星瓢虫、十四星瓢虫、二十星瓢虫……有的瓢虫是益虫，它吃蚜虫，是蚜虫的天敌；有的瓢虫是害虫，吃马铃薯的嫩芽。

瓢虫的样子是差不多的。

中国画里很早就有画瓢虫的了。通红的一个圆点，在绿叶上，很显眼，使画面增加了生趣。

齐白石爱画瓢虫。他用藤黄涂成一个葫芦，上面栖息了一只瓢虫，对比非常鲜明。王雪涛、许麟庐都画过瓢虫。

谁也没有数过画里的瓢虫身上有几个黑点，指出这只瓢虫是害虫还是益虫。

科学和艺术有时是两回事。

瓢虫像一粒用朱漆制成的小玩意。

北京的孩子（包括大人）叫瓢虫为“花大姐”，这个名字很美。

螃蟹

螃蟹的样子很怪。

《梦溪笔谈》载：关中人不识螃蟹。有人收得一只干蟹，人家病疟，就借去挂在门上。——中国过去相信生疟疾是由于疟鬼作祟。门上挂了一只螃蟹，疟鬼不知道这是什么玩意，就不敢进门了。沈括说：不但人不识，鬼亦不识也。“不但人不识，鬼亦不识也”，这说得很幽默！

在拉萨八角街一家卖藏药的铺子里看到一只小螃蟹，蟹身只有拇指大，金红色的，已经干透了，放在一只盘子里。大概西藏人也相信这只奇形怪状的虫子有某种魔力，是能治病的。

螃蟹为什么要横着走呢？

螃蟹的样子很凶恶，很奇怪，也很滑稽。

凶恶和滑稽往往近似。

豆　芽

朱小山去点豆子。地埂上都点了，还剩一把，他懒得带回去，就搬起一块石头，把剩下的豆子都塞到石头下面。过了些日子，朱小山发现：石头离开地面了。豆子发了芽，豆芽把石头顶起来了。朱小山非常惊奇。

朱小山为这件事惊奇了好多年。他跟好些人讲起过这件事。

有人问朱小山：“你老说这件事是什么意思？是要说明

一种什么哲学吗?”

朱小山说：“不，我只是想说说我的惊奇。”

过了好些年，朱小山成了一个知名的学者，他回他的家乡去看看。他想找到那块石头。

他没有找到。

落　叶

漠漠春阴柳未青，
冻云欲湿上元灯。
行过玉渊潭畔路，
去年残叶太分明。
汽车开过湖边，
带起一群落叶。
落叶追着汽车，
一直追得很远。
终于没有力气了，
又纷纷地停下了。
“你神气什么?
还嘀嘀地叫!”
“甭理它。
咱们讲故事。”

“秋天，
早晨的露水……”

啄木鸟

啄木鸟追逐着雌鸟，
红胸脯发出无声的喊叫，
它们一翅飞出树林，
落在湖边的柳梢。
不知从哪里钻出一个孩子，
一声大叫。
啄木鸟吃了一惊，
他身边已经没有雌鸟。
不一会树林里传出啄木的声音，
他已经忘记了刚才的烦恼。

猫

我不喜欢猫。

我的祖父有一只大黑猫，这只猫很老了，老得懒得动，整天在屋里趴着。

从这只老猫我知道猫的一些习性：

猫念经。猫不知道为什么整天“念经”，整天呜噜呜噜不停。这呜噜呜噜的声音不知是从哪里发出来的，怎么发出来的。不是从喉咙里，像是从肚子里发出的。呜噜呜噜……真是奇怪。别的动物没有这样不停地念经的。

猫洗脸。我小时洗脸很马虎，我的继母说我是猫洗脸。猫为什么要“洗脸”呢？

猫盖屎。北京人把做了见不得人的事想遮掩而又遮不住，叫“猫盖屎”。猫怎么知道拉了屎要盖起来的？谁教给它的？——母猫，猫的妈？

我的大伯父养了十几只猫。比较名贵的是玳瑁猫——有白、黄、黑色的斑块。如是狮子猫，即更名贵。其他的猫也都有品，如“铁棒打三桃”——白猫黑尾，身有三块桃形的黑斑；“雪里拖枪”；黑猫、白猫、黄猫、狸猫……

我觉得不论叫什么名堂的猫，都不好看。

只有一次，在昆明，我看见过一只非常好看的小猫。

这家姓陈，是广东人。我有个同乡，姓朱，在轮船上结识了她们，母亲和女儿，攀谈起来。我这同乡爱和漂亮女人来往。她的女儿上小学了。女儿很喜欢我，爱跟我玩。母亲有一次在金碧路遇见我们，邀我们上她家喝咖啡。我们去了。这位母亲已经过了三十岁了，人很漂亮，身材高高的，腿很长。她看人眼睛眯眯的，有一种恍恍惚惚的成熟的美。她斜靠在长沙发的靠枕上，神态有点慵懒。在她脚边不远的地方，有一个绣墩，绣墩上一个墨绿色软缎圆垫上卧着一只小白猫。这猫真小，连头带尾只有五寸，雪白的，白得像一团新雪。这猫也是懒懒的，不时睁开蓝眼睛顾盼一下，就又闭上了。屋里有一盆很大的素心兰，开得正好。好看的女人、小白猫、兰花的香味，这一切是一个梦境。

猫的最大的劣迹是交配时大张旗鼓地嚎叫。有的地方叫作“猫叫春”，北京为之“闹猫”。不知道是由于快感或痛感，郎猫女猫（这是北京人的说法，一般地方都叫公猫、母猫）一递一声，叫起来没完，其声凄厉，实在讨厌。鲁迅“仇猫”，良有以也。有一老和尚为其叫声所扰，以至不能入定，乃作诗一首。诗曰：

春叫猫儿猫叫春，
看他越叫越来神。
老僧亦有猫儿意，
不敢人前叫一声。

行色匆匆

带着雨珠的缅桂花使我的心软软的，不是怀人，不是思乡。

我的家乡

法国人安妮·居里安女士听说我要到波士顿，特意退了机票，推迟了行期，希望和我见一面。她翻译过我的几篇小说。我们谈了约一个小时，她问了我一些问题。其中一个是，为什么我的小说里总有水？即使没有写到水，也有水的感觉。这个问题我以前没有意识到过。是这样。这是很自然的。我的家乡是一个水乡，我是在水边长大的，耳目之所接，无非是水。水影响了我的性格，也影响了我的作品的风格。

我的家乡高邮在京杭大运河的下面。我小时候常常到运河堤上去玩（我的家乡把运河堤叫作“上河堆”或“上河埫”。“埫”字一般字典上没有，可能是家乡人造出来的字，音淌。“堆”当是“堤”的声转）。我读的小学的西面是一片菜园，穿过菜园就是河堤。我的大姑妈（我们那里对姑妈有个很奇怪的叫法，叫“摆摆”，别处我从未听过有此叫法）的家，出门西望，就看见爬上河堤的石级。这段河堤有石级，因此地名“御码头”，康熙或乾隆曾在此泊舟登岸（据说御码头夏天没有蚊子）。运河是一条“悬河”，河底比东堤下的地面高，据说河堤和墙垛子一般高，站在河堤上，可以俯瞰堤下街道房屋。我们几个同学，可以指认哪一处的屋顶是谁家的。城外的孩子放风筝，风筝在我们脚下飘。城里人家养鸽子，鸽子飞过来，我们看到的是鸽子的背。几只野鸭子贴水飞向东，过了河堤，下面的人看见野鸭子飞得高高的。

我们看船。运河里有大船。上水的大船多撑篙。弄船的脱光了上身，使劲把篙子梢头顶上肩窝处，在船侧窄窄的舷板上，从船头一步一步走到船尾。然后拖着篙子走回船头，欻的一声把篙子投进水里，扎到河底，又顶着篙子，一步一步向船尾。如是往复不停。大船上用的船篙甚长而极粗，篙头如饭碗大，有锋利的铁尖。使篙的通常是两个人，船左右舷各一人；有时只一个人，在一边。这条船的水程，实际上是他们用脚一步一步走出来的。这种船多是重载，船帮吃水甚低，几乎要漫到船上来。这些撑篙男人都极精壮，浑身作古铜色。他们是不说话的，大都眉棱很高，眉毛很重。因为长年注视着流动的水，故目光清明坚定。这些大船常有一个舵楼，住着船老板的家眷。船老板娘子大都很年轻，一边扳舵，一边敞开怀奶孩子，态度悠然。舵楼大都伸出一支竹竿，晾晒着衣裤，风吹着啪啪作响。

看打鱼。在运河里打鱼的多用鱼鹰。一般都是两条船，一船八只鱼鹰。有时也会有三条、四条，排成阵势。鱼鹰栖在木架上，精神抖擞，如同临战状态。打鱼人把篙子一挥，这些鱼鹰就劈劈啪啪，纷纷跃进水里。只见它们一个猛子扎下去，眨眼工夫，有的就叼了一条鳜鱼上来——鱼鹰似乎专逮鳜鱼。打鱼人解开鱼鹰脖子上的金属的箍（鱼鹰脖子上都有一道箍，否则它就会把逮到的鱼吞下去），把鳜鱼扔进船里，奖给它一条小鱼，它就高高兴兴，心甘情愿地转身又跳进水里去了。有时两只鱼鹰合力抬起一条大鳜鱼上来，鳜鱼还在挣蹦，打鱼人已经一手捞住了。这条鳜鱼够四斤！这真是一个热闹场面。看打鱼的，鱼鹰都很兴奋激动，倒是打鱼人显得十分冷静，不动声色。

远远地听见嘣嘣嘣嘣的响声，那是在修船、造船。嘣嘣的声音是斧头往船板上敲钉。船体是空的，故声音传得很远。待修的船翻扣过来，底朝上。这只船辛苦了很久，它累了，它正在休息。一只新船造好了，油了桐油，过两天就要下水了。看看崭新的船。叫人心里高兴——生活是充满希望的。船场附近照例有打船钉的铁匠炉，叮叮当当。有碾石粉的碾子，石粉是填船缝用的。有卖牛杂碎的摊子。卖牛杂碎的是山东人。这种摊子上还卖锅盔（一种很厚很大的面饼）。

我们有时到西堤去玩。我们那里的人都叫它西湖，湖很大，一眼望不到边，很奇怪，我竟没有在湖上坐过一次船。湖西是还有一些村镇的。我知道一个地名，菱塘桥，想必是个大镇子。我喜欢菱塘桥这个地名，引起我的向往，但我不知道菱塘桥是什么样子。湖东有的村子，到夏天，就把耕牛送到湖西去歇伏。我所住的东大街上，那几天就不断有成队的水牛在大街上慢慢地走过。牛过后，留下很大的一堆一堆牛屎。听说是湖西凉快，而且湖西有茭草，牛吃了会消除劳乏，恢复健壮。我于是想象湖西是一片碧绿碧绿的茭草。

高邮湖中，曾有神珠。沈括《梦溪笔谈》载：

> 嘉祐中，扬州有一珠甚大，天晦多见。初出于天长县陂泽中，后转入甓社湖，又后乃在新开湖中，凡十余年，居民行人常常见之。余友人书斋在湖上，一夜忽见其珠甚近，初微开其房，光自吻中出，如横一金线，俄顷忽张壳，其大如半席，壳中白光如银，珠大如拳，烂然不可正视，十余里间林木皆有影，如初日所照，远处但见天赤如野火，倏然远去，其行如飞，浮于波中，杳杳如日。古有明月之珠，此珠色不类月，荧荧有芒

焰，殆类日光。崔伯易尝为《明珠赋》。伯易，高邮人，盖常见之。近岁不复出，不知所往。樊良镇正当珠往来处，行人至此，往往维船数宵以待观。名其亭为“玩珠”。

这就是“秦邮八景”的第一景“甓射珠光”。沈括是很严肃的学者，所言凿凿，又生动细微，似乎不容怀疑。这是个什么东西呢？是一颗大珠子？嘉祐到现在也才九百多年，已经不可究诘了。高邮湖亦称珠湖，以此。我小时学刻图章，第一块刻的就是“珠湖人”，是一块肉红色的长方形图章。

湖通常是平静的，透明的。这样一片大水，浩浩渺渺（湖上常常没有一只船），让人觉得有些荒凉，有些寂寞，有些神秘。

黄昏了。湖上的蓝天渐渐变成浅黄、橘黄，又渐渐变成紫色，很深很浓的紫色。这种紫色使人深深感动。我永远忘不了这样的紫色的长天。

闻到一阵阵炊烟的香味，停泊在御码头一带的船上正在烧饭。

一个女人高亮而悠长的声音：

“二丫头……回来吃晚饭来……”

像我的老师沈从文常爱说的那样，这一切真是一个圣境。

高邮湖也是一个悬湖。湖面，甚至有的地方的湖底，比运河东面的地面都高。

湖是悬湖，河是悬河，我的家乡随时处在大水的威胁之中。翻开县志，水灾接连不断。我所经历过的最大的一次水灾，是民国二十年。

这次水灾是全国性的。事前已经有了很多征兆。连降大雨，西湖水位增高，运河水平了槽，坐在河堤上可以“踢水洗脚”。有许多很“瘆人”的不祥的现象。天王寺前，虾蟆爬在柳树顶上叫。老人们说：虾蟆在多高的地方叫，大水就会涨得多高。我们在家里的天井里躺在竹床上乘凉，忽然泼刺一声，从阴沟里蹦出一条大鱼！运河堤上，龙王庙里香烛昼夜不熄。七公殿也是这样。大风雨的黑夜里，人们说是看见“耿庙神灯”了。耿七公是有这个人的，生前为人治病施药，风雨之夜，他就在家门前高旗杆上挂起一串红灯，在黑暗的湖里打转的船，奋力向红灯划去，就能平安到岸。他死后，红灯还常在浓云密雨中出现，这就是耿庙神灯——“秦邮八景”中的一景。耿七公是渔民和船民的保护神，渔民称之为七公老爷，渔民每年要做会，谓之七公会。神灯是美丽的，但同时也给人一种神秘的恐怖感。阴历七月，西风大作。店铺都预备了高挑灯笼——长竹柄，一头用火烤弯如钩状，上悬一个灯笼，轮流值夜巡堤。告警锣声不绝。本来平静的水变得暴怒了。一个浪头翻上来，会把东堤石工的丈把长的青石掀起来。看来堤是保不住了。终于，我记得是七月十三（可能记错），倒了口子。我们那里把决堤叫作倒口子。西堤四处，东堤六处。湖水涌入运河，运河水直灌堤东。顷刻之间，高邮成为泽国。

我们家住进了竺家巷一个茶馆的楼上（同时搬到茶馆楼上的还有几家），巷口外的东大街成了一条河，“河”里翻滚着箱箱柜柜，死猪死牛。“河”里行了船。会水的船家各处去救人（很多人家爬在屋顶上、树上）。

约一星期后，水退了。

水退了，很多人家的墙壁上留下了水印，高及屋檐。很奇怪，水印怎么擦洗也擦洗不掉。全县粮食几乎颗粒无收。我们这样的人家还不至挨饿，但是没有菜吃。老是吃茨菰汤，很难吃。比茨菰汤还要难吃的是芋头梗子做的汤。日本人爱喝芋梗汤，我觉得真不可理解。大水之后，百物皆一时生长不出，唯有茨菰芋头却是丰收！我在小学的教务处地上发现几个特大的蚂蟥，缩成一团，有拳头大，踩也踩不破！

我小时候，从早到晚，一天没有看见河水的日子，几乎没有。我上小学，倘不走东大街而走后街，是沿河走的。上初中，如果不从城里走，走东门外，则是沿着护城河。出我家所在的巷子南头，是越塘。出巷北，往东不远，就是大淖。我在小说《异秉》中所写的老朱，每天要到大淖去挑水，我就跟着他一起去玩。老朱真是个忠心耿耿的人，我很敬重他。他下水把水桶弄满（他两腿都是筋疙瘩——静脉曲张），我就拣选平薄的瓦片打水漂。我到一沟、二沟、三垛，都是坐船。到我的小说《受戒》所写的庵赵庄去，也是坐船。我第一次离家乡去外地读高中，也是坐船——轮船。

水乡极富水产。鱼之类，乡人所重者为鳊、白、鲹（鲹花鱼即鳜鱼）。虾有青白两种。青虾宜炒虾仁，炝虾（活虾酒醉生吃）则用白虾。小鱼小虾，比青菜便宜，是小户人家佐餐的恩物。小鱼有名“罗汉狗子”“猫杀子”者，很好吃。高邮湖蟹甚佳，以作醉蟹，尤美。高邮的大麻鸭是名种。我们那里八月中秋兴吃鸭，馈送节礼必有公母鸭成对。大麻鸭很能生蛋。腌制后即为著名的高邮咸蛋。高邮鸭蛋双黄者甚多。江浙一带人见面问起我的籍贯，答云高邮，多肃然起敬，曰：“你们那里出咸鸭蛋。”好像我们那里就只出咸鸭蛋似的！

我的家乡不只出咸鸭蛋。我们还出过秦少游，出过散曲作家王磐，出过经学大师王念孙、王引之父子。

县里的名胜古迹最出名的是文游台。这是秦少游、苏东坡、孙莘老、王定国文酒游会之所。台基在东山（一座土山）上，登台四望，眼界空阔。我小时常凭栏看西面运河的船帆露着半截。在密密的杨柳梢头后面，缓缓移过，觉得非常美。有一座镇国寺塔，是个唐塔，方形。这座塔原在陆上，运河拓宽后，为了保存这座塔，留下塔的周围的土地，成了运河当中的一个小岛。镇国寺我小时还去玩过，是个不大的寺。寺门外有一堵紫色的石制的照壁，这堵照壁向前倾斜，却不倒。照壁上刻着海水，故名水照壁。寺内还有一尊肉身菩萨的坐像，是一个和尚坐化后漆成的。寺不知毁于何时。另外还有一座净土寺塔，明代修建。我们小时候记不住什么镇国寺、净土寺，因其一在西门，名之为西门宝塔；一在东门，便叫它东门宝塔。老百姓都是这么叫的。

全国以邮字为地名的，似只高邮一县。为什么叫作高邮？因为秦始皇曾在高处建邮亭。高邮是秦王子婴的封地，至今还有一条河叫子婴河，旧有子婴庙，今不存。高邮为秦代始建，故又名秦邮。外地人或以为这跟秦少游有什么关系，没有。

昆明的雨

宁坤要我给他画一张画，要有昆明的特点。我想了一些时候，画了一幅：右上角画了一片倒挂着的浓绿的仙人掌，末端开出一朵金黄色的花；左下画了几朵青头菌和牛肝菌。题了这样几行字：

> 昆明人家常于门头挂仙人掌一片以辟邪，仙人掌悬空倒挂，尚能存活开花。于此可见仙人掌生命之顽强，亦可见昆明雨季空气之湿润。雨季则有青头菌、牛肝菌，味极鲜腴。

我想念昆明的雨。

我以前不知道有所谓雨季。“雨季”，是到昆明以后才有了具体感受的。

我不记得昆明的雨季有多长，从几月到几月，好像是相当长的。但是并不使人厌烦。因为是下下停停，停停下下，不是连绵不断，下起来没完，而且并不使人气闷。我觉得昆明雨季气压不低，人很舒服。

昆明的雨季是明亮的、丰满的，使人动情的。城春草木深，孟夏草木长。昆明的雨季，是浓绿的。草木的枝叶里的水分都到了饱和状态，显示出过分的、过于夸张的旺盛。

我的那张画是写实的。我确实亲眼看见过倒挂着还能开花的仙人掌。旧日昆明人家门头上用以辟邪的多是这样一些东西：一面小镜子，周围画着八卦，下面便是一片仙人掌，——在仙人掌上扎一个洞，用麻线穿了，挂在钉子上。昆明仙人掌多，且极肥大。有些人家在菜园的周围种了一圈仙人掌以代替篱笆。——种了仙人掌，猪羊便不敢进园吃菜了。仙人掌有刺，猪和羊怕扎。

昆明菌子极多。雨季逛菜市场，随时可以看到各种菌子。最多，也最便宜的是牛肝菌。牛肝菌下来的时候，家家饭馆卖炒牛肝菌，连西南联大食堂的桌子上都可以有一碗。牛肝菌色如牛肝，滑，嫩，鲜，香，很好吃。炒牛肝菌须多放蒜，否则容易使人晕倒。青头菌比牛肝菌略贵。这种菌子炒熟了也还是浅绿色的，格调比牛肝菌高。菌中之王是鸡㙡，味道鲜浓，无可方比。鸡㙡是名贵的山珍，但并不真的贵得惊人。一盘红烧鸡㙡的价钱和一碗黄焖鸡不相上下，因为这东西在云南并不难得。有一个笑话：有人从昆明坐火车到呈贡，在车上看到地上有一棵鸡㙡，他跳下去把鸡㙡捡了，紧赶两步，还能爬上火车。这笑话用意在说明昆明到呈贡的火车之慢，但也说明鸡㙡随处可见。有一种菌子，中吃不中看，叫作干巴菌。乍一看那样子，真叫人怀疑：这种东西也能吃?！颜色深褐带绿，有点像一堆半干的牛粪或一个被踩破了的马蜂窝。里头还有许多草茎、松毛，乱七八糟！可是下点功夫，把草茎松毛择净，撕成蟹腿肉粗细的丝，和青辣椒同炒，入口便会使你张目结舌：这东西这么好吃?！还有一种菌子，中看不中吃，叫鸡油菌。都是一般大小，有一块银元那样大，滴溜儿圆，颜色浅黄，恰似鸡油一样。这种菌子只能做菜时配色用，没甚味道。

雨季的果子，是杨梅。卖杨梅的都是苗族女孩子，戴一顶小花帽子，穿着扳尖的绣了满帮花的鞋，坐在人家阶石的一角，不时吆喝一声："卖杨梅——"声音娇娇的。她们的声音使得昆明雨季的空气更加柔和了。昆明的杨梅很大，有一个乒乓球那样大，颜色黑红黑红的，叫作"火炭梅"。这个名字起得真好，真是像一球烧得炽红的火炭！一点都不酸！我吃过苏州洞庭山的杨梅、井冈山的杨梅，好像都比不上昆明的火炭梅。

雨季的花是缅桂花。缅桂花即白兰花，北京叫作“把儿兰”（这个名字真不好听）。云南把这种花叫作缅桂花，可能最初这种花是从缅甸传入的，而花的香味又有点像桂花，其实这跟桂花实在没有什么关系。——不过话又说回来，别处叫它白兰、把儿兰，它和兰花也挨不上呀，也不过是因为它很香，香得像兰花。我在家乡看到的白兰多是一人高，昆明的缅桂是大树！我在若园巷二号住过，院里有一棵大缅桂，密密的叶子，把四周房间都映绿了。缅桂盛开的时候，房东（是一个五十多岁的寡妇）就和她的一个养女，搭了梯子上去摘，每天要摘下来好些，拿到花市上去卖。她大概是怕房客们乱摘她的花，时常给各家送去一些。有时送来一个七寸盘子，里面摆得满满的缅桂花！带着雨珠的缅桂花使我的心软软的，不是怀人，不是思乡。

雨，有时是会引起人一点淡淡的乡愁的。李商隐的《夜雨寄北》是为许多久客的游子而写的。我有一天在积雨少住的早晨和德熙从联大新校舍到莲花池去。看了池里的满池清水，看了着比丘尼装的陈圆圆的石像（传说陈圆圆随吴三桂到云南后出家，暮年投莲花池而死），雨又下起来了。莲花池边有一条小街，有一个小酒店，我们走进去，要了一碟猪头肉，半斤市酒（装在上了绿釉的土瓷杯里），坐了下来。雨下大了。酒店有几只鸡，都把脑袋反插在翅膀下面，一只脚着地，一动也不动地在檐下站着。酒店院子里有一架大木香花。昆明木香花很多。有的小河沿岸都是木香。但是这样大的木香却不多见。一棵木香，爬在架上，把院子遮得严严的。密匝匝的细碎的绿叶，数不清的半开的白花和饱涨的花骨朵，都被雨水淋得湿透了。我们走不了，就这样一直坐到午后。四十年后，我还忘不了那天的情味，写了一首诗：

莲花池外少行人，
野店苔痕一寸深。
浊酒一杯天过午，
木香花湿雨沉沉。

我想念昆明的雨。

七载云烟

天地一瞬

我在云南住过七年，一九三九年至一九四六年。准确地说，只能说在昆明住了七年。昆明以外，最远只到过呈贡，还有滇池边一片沙滩极美、柳树浓密的叫作斗南村的地方，连富民都没有去过。后期在黄土坡、白马庙各住过年把二年，这只能算是郊区。到过金殿、黑龙潭、大观楼，都只是去游逛，当日来回。我们经常活动的地方是市内。市内又以正义路及其旁出的几条横街为主。正义路北起华山南路，南至金马碧鸡牌坊，当时是昆明的贯通南北的干线，又是市中心所在。我们到南屏大戏院去看电影，——演的都是美国片子。更多的时间是无目的地闲走，闲看。

我们去逛书店。当时书店都是开架售书，可以自己抽出书来看。有的穷大学生会靠在柜台一边，看一本书，一看两三个小时。

逛裱画店。昆明几乎家家都有钱南园的写得四方四正的颜字对联。还有一个吴忠荩老先生写的极其流利但用笔扁如竹篾的行书四扇屏。慰情聊胜无，看看也是享受。

武成路后街有两家做锡箔的作坊。我每次经过，都要停下来看做锡箔的师傅在一个木墩上垫了很厚的粗草纸，草纸间衬了锡片，用一柄很大的木槌，使劲夯砸那一垛草纸。师傅浑身是汗，于是锡箔就捶成了。没有人愿意陪我欣赏这种捶锡箔艺术，他们都以为：“这有什么看头！”

逛茶叶店。茶叶店有什么逛头？有！华山西路有一家茶叶店，一壁挂了一副嵌在镜框里的米南宫体的小对联，字写得好，联语尤好：

静对古碑临黑女
闲吟绝句比红儿

我觉得这对得很巧，但至今不知道这是谁的句子。尤其使我不明白的，是这家茶叶店为什么要挂这样一副对子？

我们每天经过，随时往来的地方，还是大西门一带。大西门里的文林街，大西门外的凤翥街、龙翔街。“凤翥”“龙翔”，不知道是哪位擅于辞藻的文人起下的富丽堂皇的街名，其实这只是两条丁字形的小小的横竖街。街虽小，人却多，气味浓稠。这是来往滇西的马锅头卸货、装货、喝酒、吃饭、抽鸦片、睡女人的地方。我们在街上很难“深入”这种生活的里层，只能切切实实地体会到：这是生活！我们在街上闲看。看卖木柴的，卖木炭的，卖粗瓷碗、卖砂锅的，并且常常为一点细节感动不已。

但是我生活得最久，接受影响最深，使我成为这样一个人，这样一个作家，——不是另一种作家的地方，是西南联大，新校舍。

骑了毛驴考大学

万里长征，
辞却了五朝宫阙。
暂驻足，
衡山湘水，
又成离别。
绝徼移栽桢干质，
九州遍洒黎元血。

尽笳吹弦诵在山城，
情弥切……

——西南联大校歌

日寇侵华，平津沦陷，北大、清华、南开被迫南迁，组成一个大学，在长沙暂住，名为“临时大学”。后迁云南，改名“国立西南联合大学”，简称“西南联大”。这是一座战时的、临时性的大学，但却是一个产生天才，影响深远，可以彪炳于世界大学之林，与牛津、剑桥、哈佛、耶鲁平列而无愧色的，窳陋而辉煌的，奇迹一样的，“空前绝后”的大学。噢，我的母校，我的西南联大！

像蜜蜂寻找蜜源一样飞向昆明的大学生，大概有几条路径。

一条是陆路。三校部分同学组成“西南旅行团”，由北平出发，走向大西南。一路夜宿晓行，埋锅造饭，过的完全是军旅生活。他们的“着装”是短衣，打绑腿，布条编的草鞋，背负薄薄的一卷行李，行李卷上横置一把红油纸伞，有点像后来的大串联的红卫兵。除了摆渡过河外，全是徒步。自北平至昆明，全程三千五百里，算得是一个壮举。旅行团有部分教授参加，闻一多先生就是其中之一。闻先生一路画了不少铅笔速写。其时闻先生已经把胡子留起来了，——闻先生曾发愿：抗战不胜，誓不剃须！

另一路是海程。由天津或上海搭乘怡和或太古轮船，经香港，到越南海防，然后坐滇越铁路火车，由老街入境，至昆明。

有意思的是，轮船上开饭，除了白米饭之外，还有一箩高粱米饭。这是给东北学生预备的。吃高粱米饭，就咸鱼、小虾，可以使“我的家在东北松花江上”的流亡学生得到一点安慰，这种举措很有人情味。

我们在上海就听到滇越路有瘴气，易得恶性疟疾，沿路的水不能喝，于是带了好多瓶矿泉水。当时的矿泉水是从法国进口的，很贵。

没有想到恶性疟疾照顾上了我！到了昆明，就发了病，高烧超过四十度，进了医院，医生就给我打了强心针（我还跟护士开玩笑，问“要不要写遗书？”）。用的药是606，我赶快声明：我没有生梅毒！

出了院，晕晕乎乎地参加了全国统一招生考试。上帝保佑，竟以第一志愿被录取，我当时真是像做梦一样。

当时到昆明来考大学的，取道各有不同。

有一位历史系学生姓刘的同学是自己挑了一担行李，从家乡河南一步一步走来的。这人的样子完全是一个农民，说话乡音极重，而且四年不改。

有一位姓应的物理系的同学，是在西康买了一头毛驴，一路骑到昆明来的。此人精瘦，外号“黑鬼”，宁波人。

这样一些莘莘学子，不远千里，从四面八方奔到昆明来，考入西南联大，他们来干什么，寻找什么？

大部分同学是来寻找真理，寻找智慧的。

也有些没有明确目的，糊里糊涂的。我在报考申请书上填了西南联大，只是听说这三座大学，尤其是北大的学风是很自由的，学生上课、考试，都很随便，可以吊儿郎当。我就是冲着吊儿郎当来的。

我寻找什么？

寻找潇洒。

斯是陋室

西南联大的校舍很分散，很多处是借用昆明原有的房屋，学校、祠堂。自建的，集中、成片的校舍叫“新校舍”。

新校舍大门南向，进了大门是一条南北大路。这条路是土路，下雨天滑不留足，摔倒的人很多。这条土路把新校舍划分成东西两区。

西边是学生宿舍。土墙，草顶。土墙上开了几个方洞，方洞上竖了几根不去皮的树棍，便是窗户。挨着土墙排了一列双人木床，一边十张，一间宿舍可住四十人，桌椅是没有的。两个装肥皂的木箱摞起来，既是书桌，也是衣柜。昆明不知道哪里来的那么多肥皂箱，很便宜，男生女生多数都有这样一笔“财产”。有的同学在同一宿舍中一住四年不挪窝，也有占了一个床位却不来住的。有的不是这个大学的，却住在这里。有一位，姓曹，是同济大学的，学的是机械工程，可是他从来不到同济大学去上课，却从早到晚趴在木箱上写小说。有些同学成天在一起，乐数晨夕，堪称知己。也有老死不相往来，几乎等于不认识的。我和那位姓刘的历史系同学就是这样，我们俩同睡一张木床，他住上铺，我住下铺，却很少见面。他是个很守规矩，很用功的人，每天按时作息。我是个夜猫子，每天在系图书馆看一夜书，到天亮才回宿舍。等我回屋就寝时，他已经在校园树下苦读英文了。

大路的东侧，是大图书馆。这是新校舍唯一的一座瓦顶的建筑。每天一早，就有人等在门外“抢图书馆”，——抢位置，抢指定参考书。大图书馆藏书不少，但指定参考书总是不够用的。

每月月初要在这里开一次“国民精神总动员月会”，简称“国民月会”。把图书馆大门关上，钉了两面交叉的党国旗，便是会场。所谓月会，就是由学校的负责人讲一通话。讲的次数最多的是梅贻琦，他当时是主持日常校务的校长（北大校长蒋梦麟、南开校长张伯苓）。梅先生相貌清癯，人很严肃，但讲话有时很幽默。有一个时期昆明闹霍乱，梅先生告诫学生不要在外面乱吃，说：“有同学说，‘我在外面乱吃了好多次，也没有得一次霍乱’，同学们！这种事情是不能有第二次的。”

更东，是教室区。土墙，铁皮屋顶（涂了绿漆）。下起雨来，铁皮屋顶被雨点打得乒乒乓乓地响，让人想起王禹偁的《黄冈竹楼记》。

这些教室方向不同，大小不一，里面放了一些一边有一块平板，可以在上面记笔记的木椅，都是本色，不漆油漆。木椅的设计可能还是从美国传来的，我在爱荷华、耶鲁都看见过。这种椅子的好处是不固定，可以从这个教室到那个教室任意搬来搬去。吴宓（雨僧）先生讲《红楼梦》，一看下面有女生还站着，就放下手杖，到别的教室去搬椅子。于是一些男同学也赶紧到别的教室去搬椅子。到宝姐姐、林妹妹都坐下了，吴先生才开始讲。

这样的陋室之中，却培养了很多优秀的人才。

联大五十周年校庆时，校友从各地纷纷返校。一位从国外赶回来的老同学（是个男生），进了大门就跪在地下放声大哭。

前几年我重回昆明，到新校舍旧址（现在是云南师范大学）看了看，全都变了样，什么都没有了，只有东北角还保存了一间铁皮屋顶的教室，也岌岌可危了。

不衫不履

联大师生服装各异，但似乎又有一种比较一致的风格。

女生的衣着是比较整洁的。有的有几件华贵的衣服，那是少数军阀商人的小姐。但是她们也只是参加Party时才穿，上课时不会穿得花里胡哨的。一般女生都是一身阴丹士林旗袍，上身套一件红的毛衣。低年级的女生爱穿“工裤”，——劳动布的长裤，上面有两条很宽的带子，白色或浅花的衬衫。这大概本是北京的女中学生流行的服装，这种风气被贝满等校的女生带到昆明来了。

男同学原来有些西装革履，裤线笔直的，也有穿鹿皮夹克的，后来就日渐少了，绝大多数是蓝布长衫、长裤。几年下来，衣服破旧，就想各种办法“弥补”，如贴一张橡皮膏之类。有人裤子破了洞，不会补，也无针线，就找一根麻筋，把破洞结了一个疙瘩。这样的疙瘩名士不止一人。

教授的衣服也多残破了。闻一多先生有一个时期穿了一件一个亲戚送给他的灰色夹袍，式样早就过时，领子很高，袖子很窄。朱自清先生的大衣破得不能再穿，就买了一件云南赶马人穿的深蓝氆氇的一口钟（大概就是彝族察尔瓦）披在身上，远看有点像一个侠客。有一个女生从南院（女生宿舍）到新校舍去，天已经黑了，路上没有人，她听到后面有梯里突鲁的脚步声，以为是坏人追了上来，很紧张。回头一看，是化学教授曾昭抡。他穿了一双空前（露着脚趾）绝后鞋（后跟烂了，提不起来，只能半趿着），因此发出梯里突鲁的声音。

联大师生破衣烂衫，却每天孜孜不倦地做学问，真是穷且益坚，不坠青云之志，这种精神，人天可感。

当时“下海”的，也有。有的学生跑仰光、腊戌，趸卖“玻璃丝袜”“旁氏口红”；有一个华侨同学在南屏街开了一家很大的咖啡馆，那是极少数。

采　薇

大学生大都爱吃，食欲很旺，有两个钱都吃掉了。

初到昆明，带来的盘缠尚未用尽，有些同学和家乡邮汇尚通，不时可以得到接济，一到星期天就出去到处吃馆子。汽锅鸡、过桥米线，新亚饭店的过油肘子、东月楼的锅贴乌鱼、映时春的油淋鸡、小西门马家牛肉馆的牛肉、厚德福的铁锅蛋、松鹤楼的腐乳肉、“三六九”（一家上海面馆）的大排骨面，全都吃了一个遍。

钱逐渐用完了，吃不了大馆子，就只能到米线店里吃米线、饵块。当时米线的浇头很多，有焖鸡（其实只是酱油煮的小方块瘦肉，不是鸡）、爨肉（即肉末，爨音川，云南人不知道为什么爱写这样一个笔画繁多的怪字）、鳝鱼、叶子（油炸肉皮煮软，有的地方叫“响皮”，有的地方叫“假鱼肚”）。米线上桌，都加很多辣椒，——“要解馋，辣加咸”。如果不吃辣，进门就得跟堂倌说：“免红！”

到连吃米线、饵块的钱也没有的时候，便只有老老实实到新校舍吃大食堂的“伙食”。饭是“八宝饭”，通红的糙米，里面有沙子、木屑、老鼠屎。菜，偶尔有一碗回锅肉、炒猪血（云南谓之“旺子”），常备的菜是盐水煮芸豆，还有一种叫“魔芋豆腐”的紫灰色的，烂糊糊的淡而无味的奇怪东西。有一位姓郑的同学告诫同学：饭后不可张嘴——恐怕飞出只鸟来！

一九四四年，我在黄土坡一个中学教了两个学期。这个中学是联大办的，没有固定经费，薪水很少，到后来连一点极少的薪水也发不出来，校长（也是同学）只能设法弄一点米来，让教员能吃上饭。菜，对不起，想不出办法。学校周围有很多野菜，我们就吃野菜。校工老鲁是我们的技术指导。老鲁是山东人，原是个老兵，照他说，可吃的野菜简直太多了，但我们吃得最多的是野苋菜（比园种的家苋菜味浓）、灰菜（云南叫作灰藋菜，“藋”字见于《庄子》，是个很古的字），还有一种样子像一根鸡毛掸子的扫帚苗。野菜吃得我们真有些面有菜色了。

有一个时期附近小山上柏树林里飞来很多硬壳昆虫，黑色，形状略似金龟子，老鲁说这叫豆壳虫，是可以吃的，好吃！他捉了一些，撕去硬翅，在锅里干爆了，撒了一点花椒盐，就起酒来。在他的示范下，我们也爆了一盘，闭着眼睛尝了尝，果然好吃。有点像盐爆虾，而且有一股柏树叶的清香，——这种昆虫只吃柏树叶，别的树叶不吃。于是我们有了就酒的酒菜和下饭的荤菜。这玩意多得很，一会儿的工夫就能捉一大瓶。

要写一写我在昆明吃过的东西，可以写一大本，撮其大要写了一首打油诗。怕读者看不明白，加了一些注解，诗曰：

重升肆里陶杯绿，①
饵块摊来炭火红。②
正义路边养正气，③

---

① 昆明的白酒分市酒和升酒。市酒是普通白酒，升酒大概是用市酒再蒸一次，谓之“玫瑰重升”，似乎有点玫瑰香气。昆明酒店都是盛在绿陶的小碗里，一碗可盛二小两。

② 饵块分两种，都是米面蒸熟了的。一种状如小枕头，可做汤饵块、炒饵块。一种是椭圆的饼，状如鞋底，在炭火上烤得发泡，一面用竹片涂了芝麻酱、花生酱、甜酱油、油辣子，对合而食之，谓之“烧饵块”。

③ 汽锅鸡以正义路牌楼旁一家最好。这家无字号，只有一块匾，上书大字“培养正气”，昆明人想吃汽锅鸡，就说：“我们今天去培养一下正气。”

小西门外试撩青。[1]

人间至味干巴菌，[2]
世上馋人大学生。
尚有灰藋[3]堪漫吃，
更循柏叶捉昆虫。

一半光阴付苦茶

昆明的大学生（男生）不坐茶馆的大概没有。不可一日无此君，有人一天不喝茶就难受。有人一天喝到晚，可称为

① 小西门马家牛肉极好。牛肉是蒸或煮熟的，不炒菜，分部位，如“冷片”“汤片”……有的名称很奇怪，如“大筋”（牛鞭）、“领肝”（牛肚）。最特别的是“撩青”（牛舌，牛的舌头可不是撩青草的吗？但非懂行人会觉得这很费解）。“撩青”很好吃。

② 昆明菌子种类甚多，如“鸡㙡”，这是菌中之王，但至今我还不知道为什么只在白蚁窝上长。“牛肝菌”色如牛肝，生时熟后都像牛肝，有小毒，不可多吃，且须加大量的蒜，否则会昏倒。有个女同学吃多了牛肝菌，竟至休克。“青头菌”，菌盖青绿，菌丝白色，味较清雅。味道最为隽永深长，不可名状的是干巴菌。这东西中吃不中看，颜色紫褐，不成模样，简直像一堆牛屎，里面又夹杂了一些松毛、杂草。可是收拾干净了，撕成蟹腿状的小片，加青辣椒同炒，一箸入口，酒兴顿涨，饭量猛开。这真是人间至味！

③ “藋”字云南读平声。

“茶仙”。茶仙大抵有两派。一派是固定茶座。有一位姓陆的研究生，每天在一家茶馆里喝三遍茶，早，午，晚。他的牙刷、毛巾、洗脸盆就放这家茶馆里，一起来就上茶馆。另一派是流动茶客。有一姓朱的，也是研究生，他爱到处遛，腿累了就走进一家茶馆，坐下喝一气茶。全市的茶馆他都喝遍了。他不但熟悉每一家茶馆，并且知道附近哪是公共厕所，喝足了茶可以小便，不致被尿憋死。

关于喝茶，我写过一篇《泡茶馆》，已经发表过，写得相当详细，不再重复，有诗为证：

水厄囊空亦可赊，①
枯肠三碗嗑葵花。②
昆明七载成何事？
一半光阴付苦茶。

水流云在

云南人对联大学生很好，我们对云南、对昆明也很有感情。我们为云南做了一些什么事，留下一点什么？

---

① 我们和凤翥街几家茶馆很熟，不但喝茶、吃芙蓉糕可以欠账，甚至可以向老板借钱去看电影。

② 茶馆常有女孩子来卖炒葵花子，绕桌轻唤：“瓜子瓜，瓜子瓜。”

有些联大师生为云南做了一些有益的实事，比如地质系师生完成了《云南矿产普查报告》，生物系师生写出了《中国植物志·云南卷》的长编初稿，其他还有多少科研成果，我不大知道，我不是搞科研的。

比较明显的、普遍的影响是在教育方面。联大学生在中学兼课的很多，连闻一多先生都在中学教过国文，这对昆明中学生学业成绩的提高，是有很大作用的。

更重要的是使昆明学生接受了民主思想，呼吸到独立思考、学术自由的空气，使他们为学为人都比较开放，比较新鲜活泼。这是精神方面的东西，是抽象的，是一种气质，一种格调，难于确指，但是这种影响确实存在。如云如水，水流云在。

跑警报

西南联大有一位历史系的教授，——听说是雷海宗先生，他开的一门课因为讲授多年，已经背得很熟，上课前无需准备；下课了，讲到哪里算哪里，他自己也不记得。每回上课，都要先问学生："我上次讲到哪里了？"然后就滔滔不绝地接着讲下去。班上有个女同学，笔记记得最详细，一句话不落。雷先生有一次问她："我上一课最后说的是什么？"这位女同学打开笔记来，看了看，说："您上次最后说：'现在已经有空袭警报，我们下课。'"

这个故事说明昆明警报之多。我刚到昆明的头两年，一九三九、一九四〇年，三天两头有警报。有时每天都有，甚至一天有两次。昆明那时几乎说不上有空防力量，日本飞机想什么时候来就来。有时竟至在头一天广播：明天将有二十七架飞机来昆明轰炸。日本的空军指挥部还真言而有信，说来准来！

一有警报，别无他法，大家就都往郊外跑，叫作“跑警报”。“跑”和“警报”联在一起，构成一个语词，细想一下，是有些奇特的，因为所跑的并不是警报。这不像“跑马”“跑生意”那样通顺。但是大家就这么叫了，谁都懂，而且觉得很合适。也有叫“逃警报”或“躲警报”的，都不如“跑警报”准确。“躲”，太消极；“逃”又太狼狈。唯有这个“跑”字于紧张中透出从容，最有风度，也最能表达丰富生动的内容。

有一个姓马的同学最善于跑警报。他早起看天，只要是万里无云，不管有无警报，他就背了一壶水，带点吃的，夹着一卷温飞卿或李商隐的诗，向郊外走去。直到太阳偏西，估计日本飞机不会来了，才慢慢地回来。这样的人不多。

警报有三种。如果在四十多年前向人介绍警报有几种，会被认为有“神经病”，这是谁都知道的。然而对今天的青年，却是一项新的课题。一曰“预行警报”。

联大有一个姓侯的同学，原系航校学生，因为反应迟钝，被淘汰下来，读了联大的哲学心理系。此人对于航空旧情不忘，曾用黄色的“标语纸”贴出巨幅“广告”，举行学术报告，题曰《防空常识》。他不知道为什么对“警报”特别敏感。他正在听课，忽然跑了出去，站在“新校舍”的南北通道上，扯起嗓子大声喊叫：“现在有预行警报，五华山挂了三个红球！”可不！抬头往南一看，五华山果然挂起了三个很大的红球。五华山是昆明的制高点，红球挂出，全市皆见。我们一直很奇怪：他在教室里，正在听讲，怎么会“感觉”到五华山挂了红球呢？——教室的门窗并不都正对五华山。

一有预行警报，市里的人就开始向郊外移动。住在翠湖迤北的，多半出北门或大西门，出大西门的似尤多。大西门外，越过联大新校舍门前的公路，有一条由南向北的用浑圆的石块铺成的宽可五六尺的小路。这条路据说是古驿道，一直可以通到滇西。路在山沟里。平常走的人不多。常见的是驮着盐巴、碗糖或其他货物的马帮走过。赶马的马锅头侧身坐在木鞍上，从齿缝里咝咝地吹出口哨（马锅头吹口哨都是这种吹法，没有撮唇而吹的），或低声唱着呈贡“调子”：

哥那个在至高山那个放呀放放牛，
妹那个在至花园那个梳那个梳梳头。
哥那个在至高山那个招呀招招手，
妹那个在至花园点那个点点头。

这些走长道的马锅头有他们的特殊装束。他们的短褂外都套了一件白色的羊皮背心，脑后挂着漆布的凉帽，脚下是一双厚牛皮底的草鞋状的凉鞋，鞋帮上大都绣了花，还钉着亮晶晶的“鬼眨眼”亮片。——这种鞋似只有马锅头穿，我没见从事别种行业的人穿过。马锅头押着马帮，从这条斜阳古道上走过，马项铃哗棱哗棱地响，很有点浪漫主义的味道，有时会引起远客的游子一点淡淡的乡愁……

有了预行警报，这条古驿道就热闹起来了。从不同方向来的人都涌向这里，形成了一条人河。走出一截，离市较远了，就分散到古道两旁的山野，各自寻找一个合适的地方待下来，心平气和地等着，——等空袭警报。

联大的学生见到预行警报，一般是不跑的，都要等听到空袭警报：汽笛声一短一长，才动身。新校舍北边围墙上有一个后门，出了门，过铁道（这条铁道不知起讫地点，从来也没见有火车通过），就是山野了。要走，完全来得及。——所以雷先生才会说：“现在已经有空袭警报。”只有预行警报，联大师生一般都是照常上课的。

跑警报大都没有准地点，漫山遍野。但人也有习惯性，跑惯了哪里，愿意上哪里。大多是找一个坟头，这样可以靠靠。昆明的坟多有碑，碑上除了刻下坟主的名讳，还刻出“×山×向”，并开出坟茔的“四至”。这风俗我在别处还未见过。这大概也是一种古风。

说是漫山遍野，但也有几个比较集中的“点”。古驿道的一侧，靠近语言研究所资料馆不远，有一片马尾松林，就是一个点。这地方除了离学校近，有一片碧绿的马尾松，树下一层厚厚的干了的松毛，很软和，空气好，——马尾松挥发出很重的松脂气味，晒着从松枝间漏下的阳光，或仰面看松树上面蓝得要滴下来的天空，都极舒适外，是因为这里还可以买到各种零吃。昆明做小买卖的，有了警报，就把担子挑到郊外来了。五味俱全，什么都有。最常见的是“丁丁糖”。“丁丁糖”即麦芽糖，也就是北京人祭灶用的关东糖，不过做成一个直径一尺多，厚可一寸许的大糖饼，放在四方的木盘上，有人掏钱要买，糖贩即用一个刨刃形的铁片楔入糖边，然后用一个小小铁锤，一击铁片，丁的一声，一块糖就震裂下来了，——所以叫作“丁丁糖”。其次是炒松子。昆明松子极多，个大皮薄仁饱，很香，也很便宜。我们有时能在松树下面捡到一个很大的成熟了的生的松球，就掰开鳞瓣，一颗一颗地吃起来。——那时候，我们的牙都很好，那么硬的松子壳，一嗑就开了！

另一集中点比较远，得沿古驿道走出四五里，驿道右侧较高的土山上有一横断的山沟（大概是哪一年地震造成的），沟深约三丈，沟口有二丈多宽，沟底也宽有六七尺。这是一个很好的天然防空沟，日本飞机若是投弹，只要不是直接命中，落在沟里，即便是在沟顶上爆炸，弹片也不易蹦进来。机枪扫射也不要紧，沟的两壁是死角。这道沟可以容数百人。有人常到这里，就利用闲空，在沟壁上修了一些私人专用的防空洞，大小不等，形式不一。这些防空洞不仅表面光洁，有的还用碎石子或碎瓷片嵌出图案，缀成对联。对联大都有新意。我至今记得两副，一副是：

人生几何
恋爱三角

一副是：

见机而作
入土为安

对联的嵌缀者的闲情逸致是很可叫人佩服的。前一副也许是有感而发，后一副却是纪实。

警报有三种。预行警报大概是表示日本飞机已经起飞。拉空袭警报大概是表示日本飞机进入云南省境了，但是进云南省不一定到昆明来。等到汽笛拉了紧急警报：连续短音，这才可以肯定是朝昆明来的。空袭警报到紧急警报之间，有时要间隔很长时间，所以到了这里的人都不忙下沟，——沟里没有太阳，而且过早地像云冈石佛似的坐在洞里也很无聊，——大都先在沟上看书、闲聊、打桥牌。很多人听到紧急警报还不动，因为紧急警报后日本飞机也不定准来，常常是折飞到别处去了。要一直等到看见飞机的影子了，这才一骨碌站起来，下沟，进洞。联大的学生，以及住在昆明的人，对跑警报太有经验了，从来不仓皇失措。

上举的前一副对联或许是一种泛泛的感慨，但也是有现实意义的。跑警报是谈恋爱的机会。联大同学跑警报时，成双作对的很多。空袭警报一响，男的就在新校舍的路边等着，有时还提着一袋点心吃食，宝珠梨、花生米……他等的女同学来了，“嗨！”于是欣然并肩走出新校舍的后门。跑警报说不上是同生死，共患难，但隐隐约约有那么一点危险感，和看电影、遛翠湖时不同。这一点危险感使两方的关系更加亲近了。女同学乐于有人伺候，男同学也正好殷勤照顾，表现一点骑士风度。正如孙悟空在高老庄所说：“一来医得眼好，二来又照顾了郎中，这是凑四合六的买卖。”从这点来说，跑警报是颇为罗曼蒂克的。有恋爱，就有三角，有失恋。跑警报的“对儿”并非总是固定的，有时一方被另一方“甩”了，两人“吹”了，“对儿”就要重新组合。写（姑且叫作“写”吧）那副对联的，大概就是一位被“甩”的男同学。不过，也不一定。

警报时间有时很长，长达两三个小时，也很“腻歪”。紧急警报后，日本飞机轰炸已毕，人们就轻松下来。不一会，“解除警报”响了：汽笛拉长音，大家就起身拍拍尘土，络绎不绝地返回市里。也有时不等解除警报，很多人就往回走：天上起了乌云，要下雨了。一下雨，日本飞机不会来。在野地里被雨淋湿，可不是事！一有雨，我们有一个同学一定是一马当先往回奔，就是前面所说那位报告预行警报的姓侯的。他奔回新校舍，到各个宿舍搜罗了很多雨伞，放在新校舍的后门外，见有女同学来，就递过一把。他怕这些女同学挨淋。这位侯同学长得五大三粗，却有一副贾宝玉的心肠。大概是上了吴雨僧先生的《红楼梦》的课，受了影响。侯兄送伞，已成定例。警报下雨，一次不落。名闻全校，贵在有恒。——这些伞，等雨住后他还会到南院女生宿舍去敛回来，再归还原主的。

跑警报，大都要把一点值钱的东西带在身边。最方便的是金子——金戒指。有一位哲学系的研究生曾经作了这样的逻辑推理：有人带金子，必有人会丢掉金子，有人丢金子，就会有人捡到金子，我是人，故我可以捡到金子。因此，跑警报时，特别是解除警报以后，他每次都很留心地巡视路面。他当真两次捡到过金戒指！逻辑推理有此妙用，大概是教逻辑学的金岳霖先生所未料到的。

联大师生跑警报时没有什么可带，因为身无长物，一般都是带两本书或一册论文的草稿。有一位研究印度哲学的金先生每次跑警报总要提了一只很小的手提箱。箱子里不是什么别的东西，是一个女朋友写给他的信——情书。他把这些情书视如性命，有时也会拿出一两封来给别人看。没有什么不能看的，因为没有卿卿我我的肉麻的话，只是一个聪明女人对生活的感受，文字很俏皮，充满了英国式的机智，是一些很漂亮的essay，字也很秀气。这些信实在是可以拿来出版的。金先生辛辛苦苦地保存了多年，现在大概也不知去向了，可惜。我看过这个女人的照片，人长得就像她写的那些信。

联大同学也有不跑警报的，据我所知，就有两人。一个是女同学，姓罗，一有警报，她就洗头。别人都走了，锅炉房的热水没人用，她可以敞开来洗，要多少水有多少水！另一个是一位广东同学，姓郑。他爱吃莲子。一有警报，他就用一个大漱口缸到锅炉火口上去煮莲子。警报解除了，他的莲子也烂了。有一次日本飞机炸了联大，昆中北院、南院，都落了炸弹，这位老兄听着炸弹乒乒乓乓在不远的地方爆炸，依然在新校舍大图书馆旁的锅炉上神色不动地搅和他的冰糖莲子。

抗战期间，昆明有过多少次警报，日本飞机来过多少次，无法统计。自然也死了一些人，毁了一些房屋。就我的记忆，大东门外，有一次日本飞机机枪扫射，田地里死的人较多。大西门外小树林里曾炸死了好几匹驮木柴的马。此外似无较大伤亡。

日本人派飞机来轰炸昆明，其实没有什么实际的军事意义，用意不过是吓唬吓唬昆明人，施加威胁，使人产生恐惧。他们不知道中国人的心理是有很大的弹性的，不那么容易被吓得魂不附体。我们这个民族，长期以来，生于忧患，已经很“皮实”了，对于任何猝然而来的灾难，都用一种“儒道互补”的精神对待之。这种“儒道互补”的真髓，即“不在乎”。这种“不在乎”精神，是永远征不服的。

为了反映“不在乎”，作《跑警报》。

滇游新记

泼水节印象

作家访问团四月六日离京赴云南，是为了能赶上泼水节。

十一日到芒市。这是泼水节的前一天。这天干部带领群众上山采花。采的花名锥栗花，是一串一串繁密而细碎的白色的小花，略带点浅浅的豆绿。我们到时，全市已经用锥栗花装饰起来了。

泼水节由来的传说是大家都知道的：有一魔王，具无上魔力，猛恶残暴，祸祟人民。他有七个妻子。一日，魔王酒醉，告诉最年轻的妻子："我虽有无上魔力，亦有弱点。如拔下我的一根头发，在我颈上一勒，我头即断。"其妻乃乘魔王酣睡，拔取其头发一根，将魔王头颈勒断。不料魔王头落在哪里，哪里即起大火。魔王之妻只好将头抱着，七个妻子轮流抱持。她们身上沾染血污，气味腥臭。诸邻居人，乃各以香水，泼向她们，为除不洁，世代相沿，遂成节日。

这大概只是口头传说，并无文字记载。泼水节仪式中看不出和这个传说直接有关的痕迹。傣族人所以重视这个节，是因为这是傣历的新年。作为节日的象征的，是龙。节日广场的中心有一条木雕彩画的巨龙。傣族的龙和汉族的不大一样。汉族的龙大体像蛇，蜿蜒盘屈；傣族的龙有点像鸟，头尾高昂，如欲轻举。这是东南亚的龙，不是北方的龙。龙治水，这是南方人北方人都相信的。泼水节供养木龙，顺理成章。泼水节是水的节。

节日还没有正式开始，一早起来，远近已经是一片铓锣象脚鼓的声音。铓锣厚重，声音发闷而能传远，象脚鼓声也很低沉，节拍也似很单调，只是一股劲地咚咚咚咚……嘭嘭嘭嘭……不像北方锣鼓打出许多花点。不强烈，不高昂激越，而极温柔。

仪式很简单。先由地方负责同志讲话，然后由一个中年的女歌手祝福，女歌手神情端肃，曼声吟诵，时间不短，可惜听不懂祝福的词句，同时，有人分发泼水粑粑和金米饭。

泼水粑粑乃以糯米粉和红糖，包在芭蕉叶中蒸熟；金米饭是用一种山花把糯米染黄蒸熟了的。

泼水开始，每人手里都提了一只小水桶，塑料的或白铁的，内装多半桶清水，水里还要滴几点香水，桶内插了花枝。泼水，并不是整桶地往你身上泼，只是用花枝蘸水，在你肩膀上掸两下，一面用傣语说："好吃好在。"我们是汉人，给我们泼水的大都用汉语说："祝你健康。""祝你健康"太一般了，不如"好吃好在"有意思。接受别人泼水后，可以也用花枝蘸水在对方肩头掸掸，或在肩上轻轻拍三下。"好吃好在"，——"祝你健康"。但是少男少女互泼，常常就不那么文雅了。越是漂亮的，挨泼的越多。主席台上有一个身材修长、穿了一身绿纱的姑娘，不大一会已经被泼得浑身上下都湿透了。

主席台上的桌椅都挪开了，为什么？有人告诉我：要在这里跳舞，跳"嘎漾"。台上跳，台下也跳。不知多少副铓锣象脚鼓都敲响了。嘭嘭咚咚，混成一片，分不清是哪一面锣哪一腔鼓敲出来的声音。

"嘎漾"的舞步比较简单。脚下一步一顿，手臂自然摆动，至胸前一转手腕。"嘎漾"是鹭鸶舞的意思。舞姿确是有点像鹭鸶。傣族人很喜欢鹭鸶。在碧绿的田野里时常可以看到成群的白鹭。"嘎漾"有十五六种姿势，主要的变化在腕臂。虽然简单，却很优美。傣族少女，着了筒裙，小腰秀颈，姗姗细步，跳起“嘎漾”，极有韵致。在台上跳“嘎漾”的，就是方才招呼我们吃泼水粑粑，用花枝为我们泼水的服务人员，全都打扮得花枝招展，一个赛似一个。我问陪同人：“她们是不是演员？”——“不是，有的是机关干部，有的是商店营业员。”

跳“嘎漾”的大部分是水傣，也有几个旱傣，她们也是服务人员。旱傣少女的打扮别是一样：头上盘了极粗的发辫，插了一头各种颜色的绢花。白纱上衣，窄袖，胸前别满了黄灿灿的镀金饰物。一边龙，一边凤，还有一些金花、金蝶、金葫芦。下面是黑色的喇叭裤，系黑短围裙，垂下两根黑地彩绣的长飘带。水傣少女长裙曳地，仪态万方；旱傣少女则显得玲珑而带点稚气。

泼水节是少女的节，是她们炫耀青春、比赛娇美的节日。正是由于这些着意打扮，到处活跃的少女，才把节日衬托得如此华丽缤纷，充满活力。

晚上有宴会，到各桌轮流敬酒的，还是她们。一个一个重新梳洗，换了别样的衣裙，容光焕发，精力旺盛。她们的敬酒，可有点霸道。杯到人到，非喝不可。好在砂仁酒度数不高而气味极香，多喝两杯也无妨。我问一个岁数稍大的姑娘：“你们今天是不是把全市的美人都动员来了？”她笑着说：“哪里哟！比我们好看的有的是！”

第二天，我们到法帕区又参加了一次泼水节。规模不能与芒市比，但在杂乱中显出粗豪，另是一种情趣。

归时已是黄昏。德宏州时差比北京晚一小时，过七点了，天还不暗。但是泼水高潮已过。泼水少女，已经尽兴，三三两两，阑珊归去，只余少数顽童，还用整桶泥水，泼向行人车辆。

有一个少女在河边洗净筒裙，晾在树上。同行的一位青年小说家，有诗人气质，说他看了两天泼水节，没有觉得怎么样，看了这个少女晾筒裙，忽然非常感动。

泼水归来日未曛，
散抛锥栗入深林。
铓锣象鼓声犹在，
缅桂梢头晾筒裙。

泼水、泼人、被泼，都是未婚少女的事。一出嫁，即不再参与。已婚妇女的装束也都改变了。不再着鲜艳的筒裙，只穿白色衫裤，头上系一个衬有硬胎的高高的黑绸圆筒。背上大都用兜布背了一个孩子。她们也过泼水节，但只是来看看热闹。她们的神情也变了，冷静、淡漠，也许还有点惆怅、凄凉，不再像少女那样笑声朗朗，神采飞扬，眼睛发光。

大等喊

云南省作协的同志安排我们在一个傣族寨子里住一晚上。地名大等喊。

车从瑞丽出发，经过一个中缅边界的寨子，云井寨。一条宽路从缅甸通向中国，可以直来直往。除了有一个水泥界桩外，无任何标志。对面有一家卖饵丝的铺子。有人买了一碗饵丝。一个缅甸女孩把饵丝递过来，这边把钱递过去。他们的手已经都伸过国界了。只要脚不跨过界桩，不算越境。

中缅边界真是和平边界。两国之间，不但毫无壁垒，连一道铁丝网都没有，简直不像两国的分界。我们到畹町的界桥看过。桥头有一个检查站，旗杆上飘着中华人民共和国的国旗。一个缅甸小女孩提了饭盒走过界桥。她妈在畹町街上摆摊子做生意，她来给妈送饭来了。她每天过来，检查站的都认得她。她大摇大摆地走过来。脸上带着一点笑。意思是：我又来了，你们好！站在国境线上，我才真正体会到中缅人民真是胞波。陈毅同志诗“共饮一江水”，是纪实，不是诗人的想象。

车经喊撒。喊撒有一个比较大的奘房，要去看看。

进寨子，有一家正在办丧事，陪同的同志说：“可以到他家坐坐。”傣族人对生死看得比较超脱，人过五十五死去，亲友不哭。这也许和信小乘佛教有关。这家的老人是六十岁死的，算是“喜丧”了。进寨，寨里的人似都没有哀戚的神色，只是显得很沉静。有几个中年人在糊扎引魂的幡幢。——傣族人死后，要给他制一个缅塔尖顶似的纸幡幢，用竹竿高高地竖起来，这样他的灵魂才能上天。几个年轻人不紧不慢地敲铓锣、象脚鼓，另外一些人好像在忙着做饭。傣族的风俗，人死了，亲友要到这家来坐五天。这位老人死已三日，已经安葬，亲友们还要坐两天。我们脱鞋，登木梯，上了竹楼。竹楼很宽敞，一侧堆了很多叠得整整齐齐的被子，有二十来个岁数较大的男男女女在楼板上坐着，抽烟、喝茶。他们也极少说话，静静的。

奘房是赕佛的地方。赕是傣语，本意是以物献佛，但不如说听经拜佛更确切些。傣族的赕佛，大体上是有一个男人跪在佛的前面诵念经文，很多信佛的跪在他身后听着。诵经人穿着如常人，也并无钟鼓法器，只是他一个人念，声音平直。偶尔拖长，大概是到了一个段落。傣族的跪，实系中国古代人的坐。古人席地而坐。膝着地，臀部落于脚跟，谓之坐。——如果直身，即为“长跪”。傣族赕佛时的姿势正是这样。

喊撒奘房的出名，除了比较大，还因为有一位佛爷。这位佛爷多年在缅甸，前三年才被请了回来。他并不领头赕佛，却坐在偏殿上。佛爷名叫伍并亚温撒，是全国佛教协会的理事，岁数不很大。他着了一身杏黄色的僧衣。这种僧衣不知叫什么，不是褊衫，也不是袈裟，上身好像只是一块布，缠裹着，袒其右臂。他身前坐了一些善男。有人来了，向他合十为礼，他也点头笑答。有些信徒抽用一种树叶卷成的像雪茄似的烟。佛爷并不是道貌岸然，很随和。他和信徒们随意交谈。谈的似乎不是佛理，只是很家常的话，因为他不时发出很有人情味的笑声。

近午，至大等喊。等喊，傣语是堆金子的地方。因为有两个寨子都叫等喊，汉族人就在前面多加了一个字，一个叫大等喊，一个叫小等喊。傣语往往用很少的音节表很多的意思，如畹町，意思是太阳当顶的地方。因为电影《葫芦信》《孔雀公主》都在大等喊拍过外景，所以旅游的人都想来看看。

住的旅馆名“醉仙楼”，这是个汉族名字，老板在招牌下面于是又加了两个字：傣家。老板是汉人，夫人是傣族。两层的木结构建筑，作曲尺形。房间不多，作家访问团二十余人，就基本上住满了。房间里有床，并不是叫我们睡在地板上。房屋样式稍稍有点像竹楼。老板又花了钱把拍《葫芦信》和《孔雀公主》的布景上的装饰零件和木雕的佛龛之类买了下来，配置在廊厦角落，于是就很有点傣味了。

一住下来，泡一杯茶，往藤椅一坐，觉得非常舒服。连日坐汽车，参加活动，大家都累了，需要休息。

醉仙楼在寨口。一条平路，通到寨子里。寨里有几条岔路，也极平整。寨里极安静。到处都是干干净净的。空气好极了。到处是树。一丛一丛的凤尾竹，很多柚子树。大等喊的柚子是很有名的。现在不是柚子成熟的时候，只看见密密的深绿的树叶。空气里有一种淡淡的清苦的味道，就是柚树叶片散发出来的。这里那里安置了一座一座竹楼，错落有致。傣家的竹楼不是紧挨着的，各家之间都有一段距离。除了当路的正门，竹楼的三面都是树。有一座奘房，大门锁着。我们到寨里一家首富的竹楼上做了一会客，女主人汉话说得很好，善于应酬。楼上真是纤尘不染。

醉仙楼的傣族特点不在住房，而在饭食。我们在这里吃了四顿地道的傣族饭。芭蕉叶蒸豆腐。拿上来的是一个绿色的芭蕉叶的包袱，解开来，里面是豆腐，还加了点碎肉、香料，鲜嫩无比。竹筒烤牛肉。一截二尺许长的青竹，把拌了佐料的牛肉塞在里面，筒口用树叶封住，放在柴火里烤熟，切片装盘。牛肉外面焦脆，闻起来香，吃起来有嚼头。牛肉丸子。傣族人很会做牛肉。丸子小小的，我们吃了都以为是鱼丸子，因为极其细嫩。问了问，才知道是牛肉的。做这种丸子不用刀剁，而是用两根铁棒敲，要敲两个小时。苦肠丸子，苦肠是牛肠里没有完全消化的青草。傣族人生吃，做调料，蘸肉，是难得的美味。听说要请我们吃苦肠，我很高兴。只是老板怕我们吃不来，是和在肉丸子里蒸了的。有一点苦味，大概是因为碎草里有牛的胆汁。其实我倒很想尝尝生苦肠的味道。弄熟了，意思就不大了。当然，还少不了傣家的看家菜：酸笋煮鸡。不过这道菜我们在畹町、芒市都已经吃过了。小菜是酸腌菜、鱼眼睛菜—— 一种树的嫩头，有小骨朵如鱼眼，酸渍。傣族人喜食酸。

醉仙楼的老板不俗。他供应我们这几顿傣家饭是没有多少赚头的。他要请我们写几个字，特地大老远地跑到县城，和一位画家匀来了几张宣纸。醉仙楼每个房间里都放着一个缅甸细陶水壶，通身乌黑，造型很美。好几个作家想托他买。因为这两天没有缅甸人过来赶集，老板就按原价卖给了他们。这些作家于是一人攥了一个陶壶，上路了。

大等喊小住两天，印象极好。

这里的乌鸦比北方的小，鸟身细长，鸣声也比较尖细，不像北方乌鸦哇哇地哑叫。

滇南草木状

尤加利树　尤加利树北方没有。四十六年前到昆明始识此树。树叶厚重，风吹作金石声。在屋里静坐读书，听着哗啦哗啦的声音，会忽然想起：这是昆明。说不上是乡愁，只是有点觉得此身如寄。因此对尤加利树颇有感情。

尤加利树木理旋拧，有一个特殊的用途，做枕木，经得起震，不易裂。现在枕木大都改成钢或水泥制造的了，这种树就不那么受到重视了。树叶提汁，可制糖果，即桉叶糖。爱吃桉叶糖的人也不是很多。

连云宾馆门内有一棵大尤加利树，粗可合抱，少见。

叶子花　昆明叶子花多，楚雄更多。龙江公园到处都是叶子花。这座花园是新建的，建筑物的墙壁栏杆的水泥都发干净的灰白色，叶子花的紫颜色更把公园衬托得十分明朗爽洁。芒市宾馆一丛叶子花攀附在一棵大树上。树有四丈高，花一直开到树顶。

叶子花的紫，紫得很特别，不像丁香，不像紫藤，也不像玫瑰，它就是它自己那样的一种紫。

叶子花夏天开花。但在我的印象里，它好像一年到头都开，老开着，没有见它枯萎凋谢过。大概它自己觉得不过是叶子，就随便开开吧。

叶子花不名贵，但不讨厌。

马缨花　走进龙江公园，我跟市文联的同志说：“楚雄如果选市花，可以选叶子花。”文联的同志说：“彝族有自己的花，——马缨花。”马缨花？马缨花即合欢，北方多得很。“这是杜鹃科，杜鹃的一种。”那么这不是合欢。走进开座谈会的会议室，桌上摆了一盆很大的花，我问：“这是不是马缨花?”——“是的，是的。”名不虚传！这株马缨花干粗如酒杯口，横卧而出，矫矢如龙，似欲冲盆飞去。叶略似杜鹃而长，一丛一丛的，相抱如莲花瓣。周围的叶子深绿色，中心则为嫩绿。干端叶较密集，绿叶中开出一簇火红的花。花有点像杜鹃，但花瓣较坚厚，不像杜鹃那样的薄命相。花真是红。这是正红，大红。彝族人叫它马缨花是有道理的。云南的马缨不是麻丝攒成的，而是用一方红布扎成一个绣球。马缨不是缀在马的颈下，而是结在马的前额。如果是白马或黑马，老远就看得见，非常显眼。额头有马缨的马，多半是马帮里的头马。把这种花叫作马缨花，神似。马缨花大红大绿，颜色华贵，而姿态又颇奔放，于端庄中透出粗野，真是难得！

车行在高黎贡山中，公路两边的丛岭中，密林深处，时时可以看到一树通红通红的马缨花。

令箭　云南人爱种花。楚雄街道两边楼房的栏杆上摆得满满的花，各色各样，令箭尤其多。令箭北方常见，但不如楚雄的开花开得多。北方令箭，开十几朵就算不错，楚雄的令箭一盆开花上百朵。一片叶子上密密匝匝地长出了好多骨朵，大概都有三十几个，真不得了！滇南草木，得天独厚，没有话说。

一品红　北京的一品红是栽在盆里的，高二三尺。芒市、盈江的一品红长成一人多高的树，绿叶少而红叶多，这也未免太过分了！

兰　云南兰花品类极多。盈江县招待所庭院中有一棵香樟树，树丫里寄生的兰花就有四种。这都是热带兰花。有一种是我认得的，虎头兰。花大，浅黄色。有一舌，舌白，舌端有紫色斑点。其余三种都未见过。一种开白花，一种开浅绿花。另一种开淡银红色的花，花瓣边似剪秋罗，很长的一串，除了有兰花一样的长叶子披下来，真很难说这是兰花。

兰花最贵重的是素心兰。大理街上有一家门前放了两盆素心兰，旁贴一纸签："出售"。一看标价：二百。大理是素心兰的产地，本地昂贵如此，运到外地，可想而知。素心兰种在高高的泥盆里。盆腹鼓起，如一小坛。

在保山，有人要送我一盆虎头兰。怎么带呢？

茶花　茶花已经开过了。遗憾。

闻丽江有一棵茶花王，每年开花万朵，号称"万朵茶花"，——当然这是累计的，一次开不了那样多。不过这也是奇迹了。有人告诉过我，茶花最多只能开三百朵。

大青树　大青树不成材，连烧火都不燃，故能不遭斤斧，保其天年，唯堪与过往行人遮阴，此不材之材。滇南大青树多“一树成林”。

紫薇　紫薇我没有见过很大的。昆明金殿两边各有一棵紫薇，树上挂一木牌，写明是“明代紫薇”，似可信。树干近根部已经老得不成样子，疙瘩流秋。梢头枝叶犹繁茂，开花时，必有可观。用手指搔搔它的树干，无反应。它已经那么老了，不再怕痒痒了。

天山行色

行色匆匆。

——常语

南山塔松

所谓南山者，是一片塔松林。

乌鲁木齐附近，可游之处有二，一为南山，一为天池。凡到乌鲁木齐者，无不往。

南山是天山的边缘，还不是腹地。南山是牧区。汽车渐入南山境，已经看到牧区景象。两边的山起伏连绵，山势皆平缓，望之浑然，遍山长着茸茸的细草。去年雪不大，草很短。老远地就看到山间错错落落，一丛一丛的塔松，黑黑的。

汽车路尽，舍车从山涧两边的石径向上走，进入松林深处。

塔松极干净，叶片片片如新拭，无一枯枝，颜色蓝绿。空气也极干净。我们藉草倚树吃西瓜，起身时衣裤上都沾了松脂。

新疆雨量很少，空气很干燥，南山雨稍多，本地人说：“一块帽子大的云也能下一阵雨。”然而也不过只是帽子大的云的那么一点雨耳，南山也还是干燥的。然而一棵一棵塔松密密地长起来了，就靠了去年的雪和那么一点雨。塔松林中草很丰盛，花很多，树下可以捡到蘑菇。蘑菇大如掌，洁白细嫩。

塔松带来了湿润，带来了一片雨意。

树是雨。

南山之胜处为杨树沟、菊花台，皆未往。

天池雪水

一位维吾尔族的青年油画家（他看来很有才气）告诉我：天池是不能画的，太蓝，太绿，画出来像假的。

天池在博格达雪山下。博格达山终年用它的晶莹洁白吸引着乌鲁木齐人的眼睛。博格达是乌鲁木齐的标志，乌鲁木齐的许多轻工业产品都用博格达山做商标。

汽车出乌鲁木齐，驰过荒凉苍茫的戈壁滩，驰向天池。我恍惚觉得不是身在新疆，而是在南方的什么地方。庄稼长得非常壮大茁实，油绿油绿的，看了叫人身心舒畅。路旁的房屋也都干净整齐。行人的气色也很好，全都显出欣慰而满足。黄发垂髫，并怡然自得。有一个地方，一片极大的坪场，长了一片极大的榆树林。榆树皆数百年物，有些得两三个人才抱得过来。树皆健旺，无衰老态。树下悠然地走着牛犊。新疆山风化层厚，少露石骨。有一处，悬崖壁立，石骨尽露，石质坚硬而有光泽，黑如精铁，石缝间长出大树，树荫下覆，纤藤细草，蒙翳披纷，石壁下是一条湍急而清亮的河水……这不像是新疆，好像是四川的峨眉山。

到小天池（谁编出来的，说这是王母娘娘洗脚的地方，真是煞风景！）少憩，在崖下池边站了一会，赶快就上来了：水边凉气逼人。

到了天池，嗬！那位维吾尔族画家说得真是不错。有人脱口说了一句："春水碧于蓝。"

天池的水，碧蓝碧蓝的。上面，稍远处，是雪白的雪山。对面的山上密密匝匝地布满了塔松，——塔松即云杉。长得非常整齐，一排一排地，一棵一棵挨着，依山而上，显得是人工布置的。池水极平静，塔松、雪山和天上的云影倒映在池水当中，一丝不爽。我觉得这不像在中国，好像是在瑞士的风景明信片上见过的景色。

或说天池是火山口，——中国的好些天池都是火山口，自春至夏，博格达山积雪融化，流注其中，终年盈满，水深不可测。天池雪水流下山，流域颇广。凡雪水流经处，皆草木华滋，人畜两旺。

作《天池雪水歌》：

明月照天山，
雪峰淡淡蓝。
春暖雪化水流澌，
流入深谷为天池。
天池水如孔雀绿，
水中森森万松覆。
有时倒映雪山影，
雪山倒影明如玉。
天池雪水下山来，
快笑高歌不复回。
下山水如蓝玛瑙，
卷沫喷花斗奇巧。
雪水流处长榆树，

风吹白杨绿火炬。
雪水流处有人家，
白白红红大丽花。
雪水流处小麦熟，
新面打馕烤羊肉。
雪水流经山北麓，
长宜子孙聚国族。
天池雪水深几许？
储量恰当一年雨。
我从燕山向天山，
曾度苍茫戈壁滩。
万里西来终不悔，
待饮天池一杯水。

天　山

天山大气磅礴，大刀阔斧。

一个国画家到新疆来画天山，可以说是毫无办法。所有一切皴法，大小斧劈、披麻、解索、牛毛、豆瓣，统统用不上。天山风化层很厚，石骨深藏在沙砾泥土之中，表面平平浑浑，不见棱角。一个大山头，只有阴阳明暗几个面，没有任何琐碎的笔触。

天山无奇峰，无陡壁悬崖，无流泉瀑布，无亭台楼阁，而且没有一棵树，——树都在“山里”。画国画者以树为山之目，天山无树，就是一大片一大片紫褐色的光秃秃的裸露的干山，国画家没了辙了！

自乌鲁木齐至伊犁，无处不见天山。天山绵延不绝，无尽无休，其长不知几千里也。

天山是雄伟的。

早发乌苏望天山

苍苍浮紫气，
天山真雄伟。
陵谷分阴阳，
不假皴擦美。
初阳照积雪，
色如胭脂水。

往霍尔果斯途中望天山

天山在天上，
没在白云间。
色与云相似，
微露数峰巅。
只从蓝襞褶，

遥知这是山。

伊犁闻鸠

到伊犁，行装甫卸，正洗着脸，听见斑鸠叫：

“鹁鸪鸪——咕”

“鹁鸪鸪——咕……”

这引动了我的一点乡情。

我有很多年没有听见斑鸠叫了。

我的家乡是有很多斑鸠的。我家的荒废的后园的一棵树上，住着一对斑鸠。“天将雨，鸠唤妇”，到了浓阴将雨的天气，就听见斑鸠叫，叫得很急切：

“鹁鸪鸪，鹁鸪鸪，鹁鸪鸪……”

斑鸠在叫它的媳妇哩。

到了积雨将晴，又听见斑鸠叫，叫得很懒散：

“鹁鸪鸪，——咕！”

“鹁鸪鸪，——咕！”

单声叫雨，双声叫晴。这是双声，是斑鸠的媳妇回来啦。“——咕”，这是媳妇在应答。

是不是这样呢？我一直没有踏着挂着雨珠的青草去循声观察过。然而凭着鸠声的单双以占阴晴，似乎很灵验。我小时常常在将雨或将晴的天气里，谛听着鸣鸠，心里又快乐又忧愁，凄凄凉凉的，凄凉得那么甜美。

我的童年的鸠声啊。

昆明似乎应该有斑鸠，然而我没有听鸠的印象。

上海没有斑鸠。

我在北京住了多年，没有听过斑鸠叫。

张家口没有斑鸠。

我在伊犁，在祖国的西北边疆，听见斑鸠叫了。

“鹁鸪鸪，——咕!”

“鹁鸪鸪，——咕!”

伊犁的鸠声似乎比我的故乡的要低沉一些，苍老一些。

有鸠声处，必多雨，且多大树。鸣鸠多藏于深树间。伊犁多雨。伊犁在全新疆是少有的雨多的地方。伊犁的树很多。我所住的伊犁宾馆，原是苏联领事馆，大树很多，青皮杨多合抱者。

伊犁很美。

洪亮吉《伊犁纪事诗》云：

> 鹁鸪啼处却东风，
> 宛与江南气候同。

注意到伊犁的鸠声的，不是我一个人。

伊犁河

人间无水不朝东，伊犁河水向西流。

河水颜色灰白，流势不甚急，不紧不慢，荡荡洄洄，似若有所依恋。河下游，流入苏联境。

在河边小作盘桓。使我惊喜的是河边长满我所熟悉的水乡的植物。芦苇。蒲草。蒲草甚高，高过人头。洪亮吉《天山客话》记云："惠远城关帝庙后，颇有池台之胜，池中积蒲盈顷，游鱼百尾，蛙声间之。"伊犁河岸之生长蒲草，是古已有之的事了。蒲苇旁边，摇动着一串一串殷红的水蓼花，俨然江南秋色。

蹲在伊犁河边捡小石子，起身时发觉腿上脚上有几个地方奇痒，伊犁有蚊子！乌鲁木齐没有蚊子，新疆很多地方没有蚊子，伊犁有蚊子，因为伊犁水多。水多是好事，咬两下也值得。自来新疆，我才更深切地体会到水对于人的生活的重要性。

几乎每个人看到戈壁滩，都要发出这样的感慨：这么大的地，要是有水，能长多少粮食啊！

伊犁河北岸为惠远城。这是"总统伊犁一带"的伊犁将军的驻地，也是获罪的"废员"充军的地方。充军到伊犁，具体地说，就是到惠远。伊犁是个大地名。

惠远有新老两座城。老城建于乾隆二十七年，后为伊犁河水冲溃，废。光绪八年，于旧城西北郊十五里处建新城。

我们到新城看了看。城是土城，——新疆的城都是土城，黄土版筑而成，颇简陋，想见是草草营建的。光绪年间，清廷的国力已经很不行了。将军府遗址尚在，房屋已经翻盖过，但大体规模还看得出来。照例是个大衙门的派头，大堂、二堂、花厅，还有个供将军下棋饮酒的亭子。两侧各有一溜耳房，这便是“废员”们办事的地方。将军府下设六个处，“废员”们都须分发在各处效力。现在的房屋有些地方还保留当初的材料。木料都不甚粗大，有些地方还看得到当初的彩画遗迹，都很粗率。

新城没有多少看头，使人感慨兴亡、早生华发的是老城。

旧城的规模是不小的。城墙高一丈四，城周九里。这里有将军府，有兵营，有“废员”们的寓处，街巷市里，房屋栉比。也还有茶坊酒肆，有“却卖鲜鱼饲花鸭”“铜盘炙得花猪好”的南北名厨。也有可供登临眺望，诗酒流连的去处。“城南有望河楼，面伊江，为一方之胜”，城西有半亩宫，城北一片高大的松林。到了重阳，归家亭子的菊花开得正好，不妨开宴。惠远是个“废员”“谪宦”“迁客”的城市。“自巡抚以下至簿尉，亦无官不具，又可知伊犁迁客之多矣”。从上引洪亮吉的诗文，可以看到这些迁客下放到这里，倒是颇不寂寞的。

伊犁河那年发的那场大水，是很不小的。大水把整个城全扫掉了。惠远城的城基是很高的，但是城西大部分已经塌陷，变成和伊犁河岸一般平的草滩了。草滩上的草很好，碧绿的，有牛羊在随意啃啮。城西北的城基犹在，人们常常可以在废墟中捡到陶瓷碎片，辨认花纹字迹。

城的东半部的遗址还在。城里的市街都已犁为耕地，种了庄稼。东北城墙，犹余半壁。城墙虽是土筑的，但很结实，厚约三尺。稍远，右侧，有一土墩，是鼓楼残迹，那应该是城的中心。林则徐就住在附近。

据记载：鼓楼前方第二巷，又名宽巷，是林的住处。我不禁向那个地方多看了几眼。林公则徐，您就是住在那里的呀？

伊犁一带关于林则徐的传说很多。有的不一定可靠。比如现在还在使用的惠远渠，又名皇渠，传说是林所修筑，有人就认为这不可信：林则徐在伊犁只有两年，这样一条大渠，按当时的条件，两年是修不起来的。但是林则徐之致力新疆水利，是不能否定的（林则徐分发在粮饷处，工作很清闲，每月只须到职一次，本不管水利）。林有诗云：“要荒天遣作箕子，此说足壮羁臣羁。”看来他虽在迁谪之中，还是壮怀激烈，毫不颓唐的。他还是想有所作为，为百姓做一点好事，并不像许多废员，成天只是“种树养花，读书静坐”（洪亮吉语）。林则徐离开伊犁时有诗云：“格登山色伊江水，回首依依勒马看。”他对伊犁是有感情的。

惠远城东的一个村边，有四棵大青枫树。传说是林则徐手植的。这大概也是附会。林则徐为什么会跑到这样一个村边来种四棵树呢？不过，人们愿意相信，就让他相信吧。

这样一个人，是值得大家怀念的。

据洪亮吉《客话》云：废员例当佩长刀，穿普通士兵的制服——短后衣。林则徐在伊犁日，亦当如此。

伊犁河南岸是察布查尔。这是一个锡伯族自治县。锡伯人善射，乾隆年间，为了戍边，把他们由东北的呼伦贝尔迁调来此。来的时候，戍卒一千人，连同家属和愿意一同跟上来的亲友，共五千人，路上走了一年多。——原定三年，提前赶到了。朝廷发下的差旅银子是一总包给领队人的，提前到，领队可以白得若干。一路上，这支队伍生下了三百个孩子！

这是一支多么壮观的，富于浪漫主义色彩，充满人情气味的队伍啊。五千人，一个民族，男男女女，锅碗瓢盆，全部家当，骑着马，骑着骆驼，乘着马车、牛车，浩浩荡荡，迤迤逦逦，告别东北的大草原，朝着西北大戈壁，出发了。落日，朝雾，启明星，北斗星。搭帐篷，饮牲口，宿营。火光，炊烟，茯茶，奶子。歌声，谈笑声，哪一个帐篷或车篷里传出一声啼哭，“呱——”又一个孩子出生了，一个小锡伯人，一个未来的武士。

一年多。

三百个孩子。

锡伯人是骄傲的。他们在这里驻防二百多年，没有后退过一步。没有一个人跑过边界，也没有一个人逃回东北，他们在这片土地扎下了深根。

锡伯族到现在还是善射的民族。他们的选手还时常在各地举行的射箭比赛中夺标。

锡伯人是很聪明的，他们一般都会说几种语言，除了锡伯语，还会说维语、哈萨克语、汉语。他们不少人还能认古满文。在故宫翻译、整理满文老档的，有几个是从察布查尔调去的。

英雄的民族！

雨晴，自伊犁往尼勒克车中望乌孙山

一痕界破地天间，
浅绛依稀暗暗蓝。
夹道白杨无尽绿，
殷红数点女郎衫。

尼勒克

站在尼勒克街上，好像一步可登乌孙山。乌孙故国在伊犁河上游特克斯流域，尼勒克或当是其辖境。细君公主、解忧公主远嫁乌孙，不知有没有到过这里。汉代女外交家冯嫽夫人是个活跃人物，她的锦车可能是从这里走过的。

尼勒克地方很小，但是境内现有十三个民族。新疆的十三个民族，这里全有。喀什河从城外流过，水清如碧玉，流甚急。

唐巴拉牧场

在乌鲁木齐，在伊犁，接待我们的同志，都劝我们到唐巴拉牧场去看看，说是唐巴拉很美。

唐巴拉果然很美，但是美在哪里，又说不出。勉强要说，只好说：这儿的草真好！

喀什河经过唐巴拉，流着一河碧玉。唐巴拉多雨。由尼勒克往唐巴拉，汽车一天到不了，在卡提布拉克种蜂场住了一夜。那一夜就下了一夜大雨。有河，雨水足，所以草好。这是一个绿色的王国，所有的山头都是碧绿的。绿山上，这里那里，有小牛在慢悠悠地吃草。唐巴拉是高山牧场，牲口都散放在山上，尽它自己漫山瞎跑，放牧人不用管它，只要隔两三天骑着马去看看，不像内蒙古，牲口放在平坦的草原上。真绿，空气真新鲜，真安静，—— 一点声音都没有。

我们来晚了。早一个多月来，这里到处是花。种蜂场设在这里，就是因为这里花多。这里的花很多是药材，党参、贝母……蜜蜂场出的蜂蜜能治气管炎。

有的山是杉山。山很高，满山满山长了密匝匝的云杉。云杉极高大。这里的云杉据说已经砍伐了三分之二，现在看起来还很多。招待我们的一个哈萨克牧民告诉我们：林业局有规定，四百年以上的，可以砍；四百年以下的，不许砍。云杉长得很慢。他用手指比了比碗口粗细："一百年，才这个样子！"

到牧场，总要喝喝马奶子，吃吃手抓羊肉。

马奶子微酸，有点像格瓦斯，我在内蒙古喝过，不难喝，但也不觉得怎么好喝。哈萨克人可是非常爱喝。他们一到夏天，就高兴了：可以喝"白的"了。大概他们冬天只能喝砖茶，是黑的。马奶子要夏天才有，要等母马下了驹子，冬天没有。一个才会走路的男娃子，老是哭闹。给他糖，给他苹果，都不要，摔了。他妈给他倒了半碗马奶子，他巴呷巴呷地喝起来，安静了。

招待我们的哈萨克牧人的孩子把一群羊赶下山了。我们看到两个男人把羊一只一只周身揣过，特别用力地揣它的屁股蛋子。我们明白，这是揣羊的肥瘦（羊们一定不明白，主人这样揣它是干什么），揣了一只，拍它一下，放掉了；又重捉过一只来，反复地揣。看得出，他们为我们选了一只最肥的羊羔。

哈萨克吃羊肉和内蒙古不同，内蒙古是各人攥了一大块肉，自己用刀子割了吃。哈萨克是：一个大瓷盘子，下面衬着煮烂的面条，上面覆盖着羊肉，主人用刀把肉割成碎块，大家连肉带面抓起来，送进嘴里。

好吃吗？

好吃！

吃肉之前，由一个孩子提了一壶水，注水遍请客人洗手，这风俗近似阿拉伯、土耳其。

“唐巴拉”是什么意思呢。哈萨克主人说：听老人说，这是蒙古话。从前山下有一片大树林子，蒙古人每年来收购牲畜，在树上烙了好些印子（印子本是烙牲口的），作为做买卖的标志。“唐巴拉”是印子的意思。他说：也说不准。

赛里木湖·果子沟

乌鲁木齐人交口称道赛里木湖、果子沟。他们说赛里木湖水很蓝；果子沟要是春天去，满山都是野苹果花。我们从乌鲁木齐往伊犁，一路上就期待着看看这两个地方。

车出芦草沟，迎面的天色沉了下来，前面已经在下雨。到赛里木湖，雨下得正大。

赛里木湖的水不是蓝的呀。我们看到的湖水是铁灰色的。风雨交加，湖里浪很大。灰黑色的巨浪，一浪接着一浪，扑面涌来，撞碎在岸边，溅起白沫。这不像是湖，像是海。荒凉的，没有人迹的，冷酷的海。没有船，没有飞鸟。赛里木湖使人觉得很神秘，甚至恐怖。赛里木湖是超人性的。它没有人的气息。

湖边很冷，不可久留。

林则徐一八四二年（距今整一百四十年）十一月五日，曾过赛里木湖。林则徐日记云："土人云：海中有神物如青羊，不可见，见则雨雹。其水亦不可饮，饮则手足疲软，谅是雪水性寒故耳。"林则徐是了解赛里木湖的性格的。

到伊犁，和伊犁的同志谈起我们见到的赛里木湖，他们都有些惊讶，说："真还很少有人在大风雨中过赛里木湖。"

赛里木湖正南，即果子沟。车到果子沟，雨停了。我们来得不是时候，没有看到满山密雪一样的林檎的繁花，但是果子沟给我留下一个非常美的印象。

吉普车在山顶的公路上慢行着，公路一侧的下面是重重复复的山头和深浅不一的山谷。山和谷都是绿的，但绿得不一样。浅黄的、浅绿的、深绿的。每一个山头和山谷多是一种绿法。大抵越是低处，颜色越浅；越往上，越深。新雨初晴，日色斜照，细草丰茸，光泽柔和，在深深浅浅的绿山绿谷中，星星点点地散牧着白羊、黄犊、枣红的马，十分悠闲安静。迎面陡峭的高山上，密密地矗立着高大的云杉。一缕一缕白云从黑色的云杉间飞出。这是一个仙境。我到过很多地方，从来没有觉得什么地方是仙境。到了这儿，我蓦然想起这两个字。我觉得这里该出现一个小小的仙女，穿着雪白的纱衣，披散着头发，手里拿一根细长的牧羊杖，赤着脚，唱着歌，歌声悠远，回绕在山谷之间……

从伊犁返回乌鲁木齐，重过果子沟。果子沟不是来时那样了。草、树、山，都有点发干，没有了那点灵气。我不复觉得这是一个仙境了。旅游，也要碰运气。我们在大风雨中过赛里木，雨后看果子沟，皆可遇而不可求。

汽车转过一个山头，一车的人都叫了起来：“哈！”赛里木湖，真蓝！好像赛里木湖故意设置了一个山头，挡住人的视线。绕过这个山头，它就像从天上掉下来的似的，突然出现了。

真蓝！下车待了一会，我心里一直惊呼着：真蓝！

我见过不少蓝色的水。“春水碧于蓝”的西湖，“比似春莼碧不殊”的嘉陵江，还有最近看过的博格达雪山下的天池，都不似赛里木湖这样的蓝。蓝得奇怪，蓝得不近情理。蓝得就像绘画颜料里的普鲁士蓝，而且是没有化开的。湖面无风，水纹细如鱼鳞。天容云影，倒映其中，发宝石光。湖色略有深浅，然而一望皆蓝。

上了车，车沿湖岸走了二十分钟，我心里一直重复着这一句：真蓝。远看，像一湖纯蓝墨水。

赛里木湖究竟美不美？我简直说不上来。我只是觉得：真蓝。我顾不上有别的感觉。只有一个感觉——蓝。

为什么会这样蓝？有人说是因为水太深。据说赛里木湖水深至九十米。赛里木湖海拔二千零七十三米，水深九十米，真是不可思议。

“赛里木”是突厥语，意思是祝福、平安。突厥的旅人到了这里，都要对着湖水，说一声：

“赛里木！”

为什么要说一声“赛里木”，是出于欣喜，还是出于敬畏？

赛里木湖是神秘的。

苏公塔

苏公塔在吐鲁番。吐鲁番地远，外省人很少到过，故不为人所知。苏公塔，塔也，但不是平常的塔。苏公塔是伊斯兰教的塔，不是佛塔。

据说，像苏公塔这样的结构的塔，中国共有两座，另一座在南京。

塔不分层。看不到石基木料。塔心是一砖砌的中心支柱。支柱周围有盘道，逐级盘旋而上，直至塔顶。外壳是一个巨大的圆柱，下丰上锐，拱顶。这个大圆柱是砖砌的，用结实的方砖砌出凹凸不同的中亚风格的几何图案，没有任何增饰。砖是青砖，外面涂了一层黄土，呈浅土黄色。这种黄土，本地所产，取之不尽。土质细腻，无杂质，富黏性。吐鲁番不下雨，塔上涂刷的土浆没有被冲刷的痕迹。二百余年，完好如新。塔高约相当于十层楼，朴素而不简陋，精巧而不繁琐。这样一个浅土黄色的，滚圆的巨柱，拔地而起，直向天空，安静肃穆，准确地表达了穆斯林的虔诚和信念。

塔旁为一礼拜寺，颇宏伟，大厅可容千人，但外表极朴素，土筑、平顶。这座礼拜寺的构思是费过斟酌的。不敢高，不与塔争势；不欲过卑，因为这是做礼拜的场所。整个建筑全由平行线和垂直线构成，无弧线，无波纹起伏，亦呈浅土黄色。

圆柱形的苏公塔和方正的礼拜寺造成极为鲜明的对比，而又非常协调。苏公塔追求的是单纯。

令人钦佩的是造塔的匠师把蓝天也设计了进去。单纯的、对比着而又协调着的浅土黄色的建筑，后面是吐鲁番盆地特有的明净无滓湛蓝湛蓝的天宇，真是太美了。没有蓝天，衬不出这种浅土黄色是多么美。一个有头脑的、聪明的匠师！

苏公塔亦称额敏塔。造塔的由来有两种说法。塔的进口处有一块碑，一半是汉字，一半是维文。汉字的说塔是额敏造的。额敏和硕，因助清高宗平定准噶尔有功，受封为郡王。碑文有感念清朝皇帝的意思，碑首冠以“大清乾隆”，自称“皇帝旧仆”。维文的则说这是额敏的长子苏来满造，为了向安拉祈福。不知道为什么会有这样两种不同的说法。由来不同，塔名亦异。

大戈壁·火焰山·葡萄沟

从乌鲁木齐到吐鲁番，要经过一片很大的戈壁滩。这是典型的大戈壁，寸草不生。没有任何生物。我经过别处的戈壁，总还有点芨芨草、梭梭、红柳，偶尔有一两棵曼陀罗开着白花，有几只像黑漆涂出来的乌鸦。这里什么都没有。没有飞鸟的影子，没有虫声，连苔藓的痕迹都没有。这是一片大平地，平极了。地面都是砾石。都差不多大，好像是筛选过的。有黑的，有白的。铺得很均匀。远看像铺了一地炉灰砟子。一望无际。真是荒凉。太古洪荒。真像是到了一个什么别的星球上。

我们的汽车以每小时八十公里的速度在平坦的柏油路上奔驰，我觉得汽车像一只快艇飞驶在海上。

戈壁上时常见到幻影，远看一片湖泊，清清楚楚。走近了，什么也没有。幻影曾经欺骗了很多干渴的旅人。幻影不难碰到，我们一路见到多次。

人怎么能通过这样的地方呢？他们为什么要通过这样的地方？他们要去干什么？

不能不想起张骞，想起班超，想起玄奘法师。这都是了不起的人……

快到吐鲁番了，已经看到坎儿井。坎儿井像一溜一溜巨大的蚁垤。下面，是暗渠，流着从天山引下来的雪水。这些大蚁垤是挖渠掏出的砾石堆。现在有了水泥管道，有些坎儿井已经废弃了，有些还在用着。总有一天，它们都会成为古迹的。但是不管到什么时候，看到这些巨大的蚁垤，想到人能够从这样的大戈壁下面，把水引了过来，还是会生起历史的庄严感和悲壮感的。

到了吐鲁番，看到房屋、市街、树木，加上天气特殊的干热，人昏昏的，有点像做梦。有点不相信我们是从那样荒凉的戈壁滩上走过来的。

吐鲁番是一个著名的绿洲。绿洲是什么意思呢？我从小就在诗歌里知道绿洲，以为只是有水草树木的地方。而且既名为洲，想必很小。不对。绿洲很大。绿洲是人所居住的地方。绿洲意味着人的生活，人的勤劳，人的生老病死、喜怒哀乐，人的文明。

一出吐鲁番，南面便是火焰山。

又是戈壁。下面是苍茫的戈壁，前面是通红的火焰山。靠近火焰山时，发现戈壁上长了一丛丛翠绿翠绿的梭梭。这样一个无雨的、酷热的戈壁上怎么会长出梭梭来呢？而且是那样的绿！不知它是本来就是这样绿，还是通红的山把它衬得更绿了。大概在干旱的戈壁上，凡能发绿的植物，都罄其生命，拼命地绿。这一丛一丛的翠绿，是一声一声胜利的呼喊。

火焰山，前人记载，都说它颜色赤红如火。不止此也。整个山像一场正在延烧的大火。凡火之颜色、形态无不具。有些地方如火方炽，火苗高蹿，颜色正红。有些地方已经烧成白热，火头旋拧如波涛。有一处火头得了风，火借风势，呼啸而起，横扯成了一条很长的火带，颜色微黄。有几处，下面的小火为上面的大火所逼，带着烟沫气流，倒溢而出。有几个小山岔，褶缝间黑黑的，分明是残火将熄的烟炱……

火焰山真是一个奇观。

火焰山大概是风造成的，山的石质本是红的，表面风化，成为细细的红沙。风于是在这些疏松的沙土上雕镂搜剔，刻出了一场热热烘烘、刮刮杂杂的大火。风是个大手笔。

火焰山下极热，盛夏地表温度至七十多度。

火焰山下，大戈壁上，有一条山沟，长十余里，沟中有一条从天山流下来的河，河两岸，除了石榴、无花果、棉花、一般的庄稼，种的都是葡萄，是为葡萄沟。

葡萄沟里到处是晾葡萄干的荫房。——葡萄干是晾出来的，不是晒出来的。四方的土房子，四面都用土墼砌出透空的花墙。无核白葡萄就一长串一长串地挂在里面，尽吐鲁番特有的干燥的热风，把它吹上四十天，就成了葡萄干，运到北京、上海，外国。

吐鲁番的葡萄全国第一，各样品种无不极甜，而且皮很薄，入口即化。吐鲁番人吃葡萄都不吐皮，因为无皮可吐。——不但不吐皮，连核也一同吃下，他们认为葡萄核是好东西。北京绕口令曰“吃葡萄不吐葡萄皮儿”，未免少见多怪。

一辈古人

君子之交淡如水，坐定之后，清茶一杯，闲话片刻而已。

多年父子成兄弟

这是我父亲的一句名言。

父亲是个绝顶聪明的人。他是画家，会刻图章，画写意花卉。图章初宗浙派，中年后治汉印。他会摆弄各种乐器，弹琵琶，拉胡琴，笙箫管笛，无一不通。他认为乐器中最难的其实是胡琴，看起来简单，只有两根弦，但是变化很多，两手都要有功夫。他拉的是老派胡琴，弓子硬，松香滴得很厚——现在拉胡琴的松香都只滴了薄薄的一层。他的胡琴音色刚亮。胡琴码子都是他自己刻的，他认为买来的不中使。他养蟋蟀，养金铃子。他养过花，他养的一盆素心兰在我母亲病故那年死了。从此他就不再养花。我母亲死后，他亲手给她做了几箱子冥衣——我们那里有烧冥衣的风俗。按照母亲生前的喜好，选购了各种花素色纸做衣料，单夹皮棉，四时不缺。他做的皮衣能分得出小麦穗羊羔、灰鼠、狐肷。

父亲是个很随和的人，我很少见他发过脾气，对待子女，从无疾言厉色。他爱孩子，喜欢孩子，爱跟孩子玩，带着孩子玩。我的姑妈称他为“孩子头”。春天，不到清明，他领一群孩子到麦田里放风筝。放的是他自己糊的蜈蚣（我们那里叫“百脚”），是用染了色的绢糊的。放风筝的线是胡琴的老弦。老弦结实而轻，这样风筝可笔直地飞上去，没有“肚儿”。用胡琴弦放风筝，我还未见过第二人。清明节前，小麦还没有“起身”，是不怕践踏的，而且越踏会越长得旺。孩子们在屋里闷了一冬天，在春天的田野里奔跑跳跃，身心都极其畅快。他用钻石刀把玻璃裁成不同形状的小块，再一块一块斗拢，接缝处用胶水粘牢，做成小桥、小亭子、八角玲珑水晶球。桥、亭、球是中空的，里面养了金铃子。从外面可以看到金铃子在里面自在爬行，振翅鸣叫。他会做各种灯。用浅绿透明的“鱼鳞纸”扎了一只纺织娘，栩栩如生。用西洋红染了色，上深下浅，通草做花瓣，做了一个重瓣荷花灯，真是美极了。用小西瓜（这是拉秧的小瓜，因其小，不中吃，叫作“打瓜”或“笃瓜”）上开小口，挖净瓜瓤，在瓜皮上雕镂出极细的花纹，做成西瓜灯。我们在这些灯里点了蜡烛，穿街过巷，邻居的孩子都跟过来看，非常羡慕。

父亲对我的学业是关心的，但不强求。我小时候，国文成绩一直是全班第一。我的作文，时得佳评，他就拿出去到处给人看。我的数学不好，他也不责怪，只要能及格，就行了。他画画，我小时也喜欢画画，但他从不指点我。他画画时，我在旁边看。其余时间由我自己乱翻画谱，瞎抹。我对写意花卉那时还不大会欣赏，只是画一些鲜艳的大桃子，或者我从来没有见过的瀑布。我小时字写得不错，他倒是给我出过一点主意。在我写过一阵《圭峰碑》和《多宝塔碑》以后，他建议我写写《张猛龙碑》。这建议是很好的。到现在，我写的字还有《张猛龙碑》的影响。我初中时爱唱戏，唱青衣，我的嗓子很好，高亮甜润。在家里，他拉胡琴，我唱。我的同学里有几个能唱戏的。学校开同乐会，他应我的邀请，到学校去伴奏。几个同学都只是清唱。有一个姓费的同学借到一顶纱帽，一件蓝官衣，扮起来唱《朱砂井》，但是没有配角，没有衙役，没有犯人，只是一个赵廉，摇着马鞭在台上走了两圈，唱了一段“郿坞县在马上心神不定”，便完事下场。父亲那么大的人陪着几个孩子玩了一下午，还挺高兴。我十七岁初恋，暑假里，在家写情书，他在一旁瞎出主意！我十几岁就学会了抽烟喝酒。他喝酒，给我也倒一杯。抽烟，一次抽出两根，他一根我一根。他还总是先给我点上火。我们的这种关系，他人或以为怪。父亲说：“我们是多年父子成兄弟。”

我和儿子的关系也是不错的。我戴了“右派分子”的帽子下放张家口农村劳动，他那时幼儿园刚毕业，刚刚学会汉语拼音，用汉语拼音给我写了第一封信。我也只好赶紧学会汉语拼音，好给他写回信。“文化大革命”期间，我被打成“黑帮”，关进“牛棚”。偶尔回家，孩子们对我还是很亲热。我的老伴告诫他们“你们要和爸爸‘划清界限’”，儿子反问母亲：“那你怎么还给他打酒？”只有一件事，两代之间，曾有分歧。他下放山西忻县“插队落户”。按规定，春节可以回京探亲。我们等着他回来，不料他同时带回了一个同学。他这个同学的父亲是一位正受迫害，搞得人闪家破的空军将领。这个同学在北京已经没有家，按照大队的规定是不能回北京的，但是这孩子很想回北京，在一伙同学的秘密帮助下，我的儿子就偷偷地把他带回来了。他连“临时户口”也不能上，是个“黑人”，我们留他在家住，等于“窝藏”了他。公安局随时可以来查户口，街道办事处的大妈也可能举报。当时人人自危，自顾不暇，儿子惹了这么一个麻烦，使我们非常为难。我和老伴把他叫到我们的卧室，对他的冒失行为表示很不满，我责备他：“怎么事前也不和我们商量一下！”我的儿子哭了，哭得很委屈，很伤心。我们当时立刻明白了：他是对的，我们是错的。我们这种怕担干系的思想是庸俗的。我们对儿子和同学之间的义气缺乏理解，对他的感情不够尊重。他的同学在我们家一直住了四十多天，才离去。

对儿子的几次恋爱，我采取的态度是“闻而不问”。了解，但不干涉。我们相信他自己的选择，他的决定。最后，他悄悄和一个小学时期女同学好上了，结了婚。有了一个女儿，已近七岁。

我的孩子有时叫我“爸”，有时叫我“老头子”！连我的孙女也跟着叫。我的亲家母说这孩子“没大没小”。我觉得一个现代的，充满人情味的家庭，首先必须做到“没大没小”。父母叫人敬畏，儿女“笔管条直”，最没有意思。

儿女是属于他们自己的。他们的现在，和他们的未来，都应由他们自己来设计。一个想用自己理想的模式塑造自己的孩子的父亲是愚蠢的，而且，可恶！另外，作为一个父亲，应该尽量保持一点童心。

一辈古人

靳德斋

天王寺是高邮八大寺之一。这寺里曾藏过一幅吴道子画的观音。这是可信的。清李必恒还曾赋长诗题咏，看诗意，此人是见过这幅画的。天王寺始建于宋淳熙年间，明代为倭寇焚毁（我的家乡还闹过倭寇，以前我不知道），清初重建。这幅画想是宋代传下来的。据说有一个当地方官的要去看看，从此即不知下落，这不知是什么年间的事（一说是“文化大革命”中被毁于扬州）。反正，这幅画后来没有了。

天王寺在臭河边。“臭河边”是地名，自北市口至越塘一带属于“后街”的地方都叫臭河边。有一条河，却不叫“臭河”，我到现在还没有考查出来应该叫什么河，这一带的居民则简单地称之曰“河”。天王寺濒河，山门（寺庙的山门都是朝南的）外即是河水。寺的殿宇高大，佛像也高大，但是多年没有修饰，显得暗旧。寺里僧众颇多，我们家凡做佛事，都是到天王寺去请和尚。但是寺里香火不盛，很幽静。我父亲曾于月夜到天王寺找和尚闲谈，在大殿前石坪上看到一条鸡冠蛇，他三步蹿上台阶，才没被咬着。鸡冠蛇即眼镜蛇，有剧毒，蛇不能上台阶，父亲才能逃脱，未被追上。寺庙中有蛇，本是常事，但也说明人迹稀少矣。

天王寺常常驻兵。我的小说《陈小手》里写的“天王庙”，即天王寺。驻在寺里的兵一般都很守规矩，并不骚扰百姓。我曾见一个兵半躺在探到水面上的歪脖柳树上吹箫，这是一个很独特的画境。

我是三天两头要到天王寺的，从我读的小学放学回家，倘不走正街（东大街），走后街，天王寺是必经的。我去看“烧房子”。我们那里有这样的风俗，给死去亲人烧房子。房子是到纸扎店定制的，当然要比真房子小，但人可以走进去。有厅，有室，有花园，花园里有花，厅堂里有桌有椅，有自鸣钟，有水烟袋！烧房子在天王寺的旁门（天王寺有个旁门，朝西）边的空地上。和尚敲动法器，念一通经，然后由亲属举火烧掉（房子下面都铺了稻草，一点就着）。或者什么也没得看，就从旁门进去，“随喜”一番，看看佛像，在大的青石上躺一躺。大殿里凉飕飕的，夏天，躺在青石上，窨人。

天王寺附近住过一个传奇性的人物，叫靳德斋。这人是个练武的。江湖上流传两句话：“打遍天下无敌手，谨防高邮靳德斋。”说是，有一个外地练武的，不服，远道来找靳德斋较量。靳德斋不在家，邻居说他打酱油醋去了。这人就在竺家巷（出竺家巷不远即是天王寺，我的继母和异母弟妹现在还住在竺家巷）一家茶馆里等他。有人指给他：这就是靳德斋。这人一看，靳德斋一手端着满满一碗酱油，一手端着满满一碗醋，快走如飞，但是碗里的酱油、醋却纹丝不动。这人当时就离开高邮，搭船走了。

靳德斋练的这叫什么功？两手各持酱油醋碗，行走如飞，酱油醋不动，这可能吗？不过用这种办法来表现一个武师的功夫，却是很别致的，这比挥刀舞剑，口中“嗨嗨”地乱喊，更富于想象。

我小时走过天王寺，看着那一带的居民，总想：哪一处是靳德斋曾经住过的呢？

后于靳德斋，也在天王寺附近住过的，有韩小辫。这人是教过我祖父的拳术的。清代的读书人，除了读圣贤书之外，大都还要学两样东西，一是学佛，一是学武，这是一时风气。据我父亲说，祖父年轻时腿脚是很有功夫的。他有一次下乡“看青”（看青即看作物的长势），夜间遇到一个粪坑。我们那里乡下的粪坑，多在路侧，坑满，与地平，上结薄壳，夜间不辨其为坑为地。他左脚踏上，知是粪坑，右脚使劲一跃，即越过粪坑。想一想，于瞬息之间，转换身体的重心，尽力一跃，倘无功夫，是不行的。祖父是得到韩小辫的一点传授的。韩小辫的一家都是练功的，他的夫人能把一张板凳放倒，板凳的两条腿着地，两条腿翘着，她站在翘起的板凳上，作骑马蹲裆势，以一块方石置于膝上，用毛笔大书“天下太平”四字，然后推石一跃而下。这是很不容易的，何况她是小脚。夫人如此，韩小辫功夫可知。这是我父亲告诉我的，不知是他亲见，还是得诸传闻。我父亲年轻时学过武艺，想不妄语。

张仲陶

《故乡的食物》有一段：

> 我父亲有一个很怪的朋友，叫张仲陶。他很有学问，曾教我读过《项羽本纪》。他薄有田产，不治生业，整天在家研究《易经》，算卦。他算卦用蓍草。全城只有他一个人用蓍草算卦。据说他有几卦算得极灵。有一家，丢了一只金戒指，怀疑是女用人偷了。这女用

> 人蒙了冤枉，来求张先生算一卦。张先生算了，说戒指没有丢，在你们家炒米坛盖子上。一找，果然。我小时就不大相信，算卦怎么能算得这样准，怎么能算得出在炒米坛盖子上呢？不过他的这一卦说明了一件事，即我们那里炒米坛子是几乎家家都有的。

《故乡的食物》这几段主要是记炒米的，只是连带涉及张先生。我对张先生所知道的也大概只是这一些。但可补充一点材料。

我从张先生读《项羽本纪》，似在我小学毕业那年的暑假，算起来大概是虚岁十二岁即实足年龄十岁半的时候。我是怎么从张先生读这篇文章的呢？大概是我父亲在和朋友“吃早茶”（在茶馆里喝茶，吃干丝、点心）的时候，听见张先生谈到《史记》如何如何好，《项羽本纪》写得怎样怎样生动，忽然灵机一动，就把我领到张先生家去了。我们县里那时睥睨一世的名士，除经书外，读集部书的较多，读子史者少。张先生耽于读史，是少有的。他教我的时候，我的面前放一本《史记》，他面前也有一本，但他并不怎么看，只是微闭着眼睛，朗朗地背诵一段，给我讲一段。很奇怪，除了一篇《项羽本纪》，我以后再也没有跟张先生学过什么。他大概早就不记得曾经有过一个叫汪曾祺的学生了。张先生如果活着，大概有一百岁了，我都七十一了嘛！他不会活到这时候的。

张先生原来身体就不好，很瘦，黑黑的，背微驼，除了朗读《史记》时外，他的语声是低哑的。

他的夫人是一个微胖的强壮的妇人，看起来很能干，张家的那点薄薄的田产，都是由她经管的。张仲陶诸事不问，而且还抽一点鸦片烟，其受夫人辖制，是很自然的。一个十多岁的孩子也感觉得出来，张先生有些惧内。

张先生请我父亲刻过一块图章。这块图章很好，鱼脑冻，只是很小，高约四分，长方形。我父亲给他刻了两个字，阳文：中匋。刻得很好。这两个字很好安排。他后来还请我父亲刻了两方寿山石的图章，一刻阳文，一刻阴文，文曰："珠湖野人""天涯浪迹"。原来有人撺掇他出去闯闯，以卜卦为生，图章是准备印在卦象释解上的。事情未果，他并未出门浪迹，还是在家里糗着。

最近几年，《易经》忽然在全世界走俏，研究的人日多，角度多不相同，有从哲学角度的，有从史学角度的，有从社会学角度的，有从数学角度的。我于《易经》一无所知，但我觉得这主要还是一部占卜之书。我对张仲陶算的戒指在炒米坛盖子上那一卦表示怀疑，是觉得这是迷信。现在想想，也许他是有道理的。如果他把一生精研易学的心得写出来，包括他的那些卦例，会是一本很有意思的书。但是，写书，张仲陶大概想也没有想过。小说《岁寒三友》中季匋民在看了靳彝甫的祖父、父亲的画稿后，拍着画案说：“吾乡固多才俊之士，而皆困居于蓬牖之中，声名不出于里巷，悲哉！悲哉!”张仲陶不也是这样的人吗?

薛大娘

薛大娘家在臭河边的北岸，也就是臭河边的尽头，过此即为螺蛳坝，不属臭河边了。她家很好认，四边不挨人家，远远地就能看见。东边是一家米厂，整天听见碾米机烟筒砰砰的声音。西边是她们家的菜园。菜园西边是一条路，由东街抄近到北门进城的人多走这条路。路以西，也是一大片菜园，是别人家的。房是草顶碎砖的房，但是很宽敞，有堂屋，有卧室，有厢房。

薛大娘的丈夫是个裁缝，是个极其老实的人，整天不说一句话，只是在东厢房里带着两个徒弟低着头不停地缝。儿子种菜。所种似只青菜一种。我们每天上学、放学，都可以看见薛大娘的儿子用一个长柄的水舀子浇水，浇粪，水、粪扇面似的洒开，因为用水方便，下河即可担来，人也勤快，菜长得很好。相比之下，路西的菜园就显得有点荒秽不治。薛大娘卖菜。每天早起，儿子砍得满满两筐菜，在河里浸一会，薛大娘就挑起来上街，“鲜鱼水菜”，浸水，不只是为了上分量，也是为了鲜灵好看。我们那里的菜筐是扁圆的浅筐，但两筐菜也百十斤，薛大娘挑起来若无其事。

她把菜歇在保安堂药店的廊檐下，不到一个时辰，就卖完了。

薛大娘靠五十了。——她的儿子都那样大了嘛，但不显老。她身高腰直，处处显得很健康。她穿的虽然是粗蓝布衣裤，但总是十分干净利索。她上市卖菜，赤脚穿草鞋，鞋、脚，都很干净。她当然是不打扮的，但是头梳得很光，脸洗得清清爽爽，双眼有光，扶着扁担一站，有一股英气，“英气”这个词用之于一个卖菜妇女身上，似乎不怎么合适，但是除此之外，你再也找不出一个合适的字眼。

薛大娘除了卖菜，偶尔还干另外一种营生，拉皮条，就是《水浒传》所说的“马泊六”。东大街有一些年轻女用人，和薛大娘很熟，有的叫她干妈。这些女用人都是发育到了最好的时候，一个一个亚赛鲜桃。街前街后，有一些后生家，有的还没成亲，有的娶了老婆但老婆不在身边，油头粉面，在街上一走，看到这些女用人，馋猫似的。有时一个后生看中了一个女用人求到薛大娘，薛大娘说：“等我问问。”因为彼此都见过，眉语目成，大都是答应的。薛大娘先把男的弄到西厢房里，然后悄悄把女的引来，关了房门，让他们成其好事。

我们家一个女用人，就是由于薛大娘的撮合，和一个叫龚长霞的管田禾的——管田禾是为地主料理田亩收租事务的，欢会了几次，怀上了孩子。后来是由薛大娘弄了药来，才把私孩子打掉。

薛大娘没想到别人对她有什么议论。她认为：一个有心，一个有意，我在当中搭一把手，这有什么不好？

保安堂药店的管事姓蒲，行三，店里学徒的叫他蒲三爷，外人叫他蒲先生。这药店有一个规矩：每年给店中的“同事”（店员）轮流放一个月假，回去与老婆团圆（店中“同事”都是外地人），其余十一个月都住在店里，每年打十一个月的光棍，蒲三爷自然不能例外。他才四十岁出头，人很精明，也很清秀，很潇洒（潇洒用于一个管事的身上似乎也不大合适），薛大娘给他拉拢了一个女的，这个女的不是别人，是薛大娘自己。薛大娘很喜欢蒲三，看见他就眉开眼笑，谁都看得出来，她一点也不掩饰。薛大娘趴在蒲三耳朵上，直截了当地说：“下半天到我家来。我让你……”

薛大娘不怕人知道了，她觉得他干熬了十一个月，我让他快活快活，这有什么不对？

薛大娘的道德观念和大户人家的太太小姐完全不同。

星斗其文，赤子其人

沈先生逝世后，傅汉斯、张充和从美国电传来一幅挽辞。字是晋人小楷，一看就知道是张充和写的。词想必也是她拟的。只有四句：

不折不从　亦慈亦让
星斗其文　赤子其人

这是嵌字格，但是非常贴切，把沈先生的一生概括得很全面。这位四妹对三姐夫沈二哥真是非常了解。——荒芜同志编了一本《我所认识的沈从文》，写得最好的一篇，我以为也应该是张充和写的《三姐夫沈二哥》。

沈先生的血管里有少数民族的血液。他在填履历表时，“民族”一栏里填土家族或苗族都可以，可以由他自由选择。湘西有少数民族血统的人大都有一股蛮劲、狠劲，做什么都要做出一个名堂。黄永玉就是这样的人。沈先生瘦瘦小小（晚年发胖了），但是有用不完的精力。他小时是个顽童，爱游泳（他叫“游水”）。进城后好像就不游了。三姐（师母张兆和）很想看他游一次泳，但是没有看到。我当然更没有看到过。他少年当兵，漂泊转徙，很少连续几晚睡在同一张床上。吃的东西，最好的不过是切成四方的大块猪肉（煮在豆芽菜汤里）。行军、拉船，锻炼出一副极富耐力的体魄。二十岁冒冒失失地闯到北平来，举目无亲。连标点符号都不会用，就想用手中一支笔打出一个天下。经常为弄不到一点东西“消化消化”而发愁。冬天屋里生不起火，用被子围起来，还是不停地写。我一九四六年到上海，因为找不到职业，情绪很坏，他写信把我大骂了一顿，说：“为了一时的困难，就这样哭哭啼啼的，甚至想到要自杀，真是没出息！你手中有一支笔，怕什么！”他在信里说了一些他刚到北京时的情形，同时又叫三姐从苏州写了一封很长的信安慰我。他真的用一支笔打出了一个天下了。一个只读过小学的人，竟成了一个大作家，而且积累了那么多的学问，真是一个奇迹。

沈先生很爱用一个别人不常用的词："耐烦"。他说自己不是天才（他应当算是个天才），只是耐烦。他对别人的称赞，也常说"要算耐烦"。看见儿子小虎搞机床设计时，说"要算耐烦"。看见孙女小红做作业时，也说"要算耐烦"。他的"耐烦"，意思就是锲而不舍，不怕费劲。一个时期，沈先生每个月都要发表几篇小说，每年都要出几本书，被称为"多产作家"，但他写东西不是很快的，从来不是一挥而就。他年轻时常常日以继夜地写。他常流鼻血。血液凝聚力差，一流起来不易止住，很怕人。有时夜间写作，竟至晕倒，伏在自己的一摊鼻血里，第二天才被人发现。我就亲眼看到过他的带有鼻血痕迹的手稿。他后来还常流鼻血，不过不那么厉害了。他自己知道，并不惊慌。很奇怪，他连续感冒几天，一流鼻血，感冒就好了。他的作品看起来很轻松自如，若不经意，但都是苦心刻琢出来的。《边城》一共不到七万字，他告诉我，写了半年。他这篇小说是《国闻周报》上连载的，每期一章。小说共二十一章，21×7＝147，我算了算，差不多正是半年。这篇东西是他新婚之后写的，那时他住在达子营。巴金住在他那里。他们每天写，巴老在屋里写，沈先生搬个小桌子，在院子里树荫下写。巴老写了一个长篇，沈先生写了《边城》。他称他的小说为"习作"，并不完全是谦虚。有些小说是为了教创作课给学生示范而写的，因此试验了各种方法。为了教学生写对话，有的小说通篇都用对话组成，如《若墨医生》；有的，一句对话也没有。《月下小景》确是为了履行许给张家小五的诺言“写故事给你看”而写的。同时，当然是为了试验一下“讲故事”的方法（这一组“故事”明显地看得出受了《十日谈》和《一千零一夜》的影响）。同时，也为了试验一下把六朝译经和口语结合的文体。这种试验，后来形成一种他自己说是“文白夹杂”的独特的沈从文体，在四十年代的文字（如《烛虚》）中尤为成熟。他的亲戚，语言学家周有光曾说“你的语言是古英语”，甚至是拉丁文。沈先生讲创作，不大爱说“结构”，他说是“组织”。我也比较喜欢“组织”这个词。“结构”过于理智，“组织”更带感情，较多作者的主观。他曾把一篇小说一条一条地裁开，用不同方法组织，看看哪一种形式更为合适。沈先生爱改自己的文章。他的原稿，一改再改，天头地脚页边，都是修改的字迹。蜘蛛网似的，这里牵出一条，那里牵出一条。作品发表了，改。成书了，改。看到自己的文章，总要改。有时改了多次，反而不如原来的，以至三姐后来不许他改了（三姐是沈先生文集的一个极其细心、极其认真的义务责任编辑）。沈先生的作品写得最快、最顺畅，改得最少的，只有一本《从文自传》。这本自传没有经过冥思苦想，只用了三个星期，一气呵成。

他不大用稿纸写作。在昆明写东西，是用毛笔写在当地出产的竹纸上的，自己折出印子。他也用钢笔，蘸水钢笔。

他抓钢笔的手势有点像抓毛笔（这一点可以证明他不是洋学堂出身）。《长河》就是用钢笔写的，写在一个硬面的练习簿上，直行，两面写。他的原稿的字很清楚，不潦草，但写的是行书。不熟悉他的字体的排字工人是会感到困难的。他晚年写信写文章爱用秃笔淡墨。用秃笔写那样小的字，不但清楚，而且顿挫有致，真是一个功夫。

他很爱他的家乡。他的《湘西》《湘行散记》和许多篇小说可以作证。他不止一次和我谈起棉花坡，谈起枫树坳，——一到秋天满城落了枫树的红叶。一说起来，不胜神往。黄永玉画过一张凤凰沈家门外的小巷，屋顶墙壁颇零乱，有大朵大朵的红花——不知是不是夹竹桃，画面颜色很浓，水气泱泱。沈先生很喜欢这张画，说："就是这样！"八十岁那年，和三姐一同回了一次凤凰，领着她看了他小说中所写的各处，都还没有大变样。家乡人闻知沈从文回来了，简直不知怎样招待才好。他说："他们为我捉了一只锦鸡！"锦鸡毛羽很好看，他很爱那只锦鸡，还抱着它照了一张相，后来知道竟做了他的盘中餐，对三姐说："真煞风景！"锦鸡肉并不怎么好吃。沈先生说及时大笑，但也表现出对乡人的殷勤十分感激。他在家乡听了傩戏，这是一种古调犹存的很老的弋阳腔。打鼓的是一位七十多岁的老人，他对年轻人打鼓失去旧范很不以为然。沈先生听了，说："这是楚声，楚声！"他动情地听着"楚声"，泪流满面。

沈先生八十岁生日，我曾写了一首诗送他，开头两句是：

犹及回乡听楚声，
此身虽在总堪惊。

端木蕻良看到这首诗，认为“犹及”二字很好。我写下来的时候就有点觉得这不大吉利，没想到沈先生再也不能回家乡听一次了！他的家乡每年有人来看他，沈先生非常亲切地和他们谈话，一坐半天。每当同乡人来了，原来在座的朋友或学生就只有退避在一边，听他们谈话。沈先生很好客，朋友很多。老一辈的有林宰平、徐志摩。沈先生提及他们时充满感情。没有他们的提挈，沈先生也许就会当了警察，或者在马路旁边“瘪了”。我认识他后，他经常来往的有杨振声、张奚若、金岳霖、朱光潜诸先生，梁思成、林徽因夫妇。他们的交往真是君子之交，既无朋党色彩，也无酒食征逐。清茶一杯，闲谈片刻。杨先生有一次托沈先生带信，让我到南锣鼓巷他的住处去，我以为有什么事。去了，只是他亲自给我煮一杯咖啡，让我看一本他收藏的姚茫父的册页。这册页的芯子只有火柴盒那样大，横的，是山水，用极富金石味的墨线勾轮廓，设极重的青绿，真是妙品。杨先生对待我这个初露头角的学生如此，则其接待沈先生的情形可知。

杨先生和沈先生夫妇曾在颐和园住过一个时期，想来也不过是清晨或黄昏到后山谐趣园一带走走，看看湖里的金丝莲，或写出一张得意的字来，互相欣赏欣赏，其余时间各自在屋里读书做事，如此而已。沈先生对青年的帮助真是不遗余力。他曾经自己出钱为一个诗人出了第一本诗集。一九四七年，诗人柯原的父亲故去，家中拉了一笔债，沈先生提出卖字来帮助他。《益世报》登出了沈从文卖字的启事，买字的可定出规格，而将价款直接寄给诗人。柯原一九八〇年去看沈先生，沈先生才记起有这回事。他对学生的作品细心修改，寄给相熟的报刊，尽量争取发表。他这辈子为学生寄稿的邮费，加起来是一个相当可观的数字。抗战时期，通货膨胀，邮费也不断涨，往往寄一封信，信封正面反面都得贴满邮票。为了省一点邮费，沈先生总是把稿纸的天头地脚页边都裁去，只留一个稿芯，这样分量轻一点。稿子发表了，稿费寄来，他必为亲自送去。李霖灿在丽江画玉龙雪山，他的画都是寄到昆明，由沈先生代为出手的。我在昆明写的稿子，几乎无一篇不是他寄出去的。一九四六年，郑振铎、李健吾先生在上海创办《文艺复兴》，沈先生把我的《小学校的钟声》和《复仇》寄去。这两篇稿子写出已经有几年，当时无地方可发表。稿子是用毛笔楷书写在学生作文的绿格本上的，郑先生收到，发现稿纸上已经叫蠹虫蛀了好些洞，使他大为激动。沈先生对我这个学生是很喜欢的。为了躲避日本飞机空袭，他们全家有一阵住在呈贡新街，后迁跑马山桃源新村。沈先生有课时进城住两三天。他进城时，我都去看他。交稿子，看他收藏的宝贝，借书。沈先生的书是为了自己看，也为了借给别人看的。“借书一痴，还书一痴”，借书的痴子不少，还书的痴子可不多。有些书借出去一去无踪。有一次，晚上，我喝得烂醉，坐在路边，沈先生到一处演讲回来，以为是一个难民，生了病，走近看看，是我！他和两个同学把我扶到他住处，灌了好些酽茶，我才醒过来。有一回我去看他，牙疼，腮帮子肿得老高。沈先生开了门，一看，一句话没说，出去买了几个大橘子抱着回来了。沈先生的家庭是我见到的最好的家庭，随时都在亲切和谐气氛中。两个儿子，小龙小虎，兄弟怡怡。他们都很高尚清白，无丝毫庸俗习气，无一句粗鄙言语，——他们都很幽默，但幽默得很温雅。一家人于钱上都看得很淡。《沈从文文集》的稿费寄到，九千多元，大概开过家庭会议，又从存款中取出几百元，凑成一万，寄到家乡办学。沈先生也有生气的时候，也有极度烦恼痛苦的时候，在昆明，在北京，我都见到过，但多数时候都是笑眯眯的。他总是用一种善意的、含情的微笑，来看这个世界的一切。到了晚年，喜欢放声大笑，笑得合不拢嘴，且摆动双手作势，真像一个孩子。只有看破一切人事乘除，得失荣辱，全置度外，心地明净无渣滓的人，才能这样畅快地大笑。

沈先生五十年代后放下写小说散文的笔（偶然还写一点，笔下仍极活泼，如写纪念陈翔鹤的文章，实写得极好），改业钻研文物，而且钻出了很大的名堂，不少中国人、外国人都很奇怪。实不奇怪。沈先生很早就对历史文物有很大兴趣。他写的关于展子虔《游春图》的文章，我以为是一篇重要文章，从人物服装颜色式样考订图画的年代和真伪，是别的鉴赏家所未注意的方法。他关于书法的文章，特别是对宋四家的看法，很有见地。在昆明，我陪他去遛街，总要看看市招，到裱画店看看字画。昆明市政府对面有一堵大照壁，写满了一壁字（内容已不记得，大概不外是总理遗训），字有七八寸见方大，用二爨掺一点北魏造像题记笔意，白墙蓝字，是一位无名书家写的，写得实在好。我们每次经过，都要去看看。昆明有一位书法家叫吴忠荩，字写得极多，很多人家都有他的字，家家裱画店都有他的刚刚裱好的字。字写得很熟练，行书，只是用笔枯扁，结体少变化。沈先生还去看过他，说："这位老先生写了一辈子字！"意思颇为他水平受到限制而惋惜。昆明碰碰撞撞都可见到黑漆金字抱柱楹联上钱南园的四方大颜字，也还值得一看。沈先生到北京后即喜欢搜集瓷器。有一个时期，他家用的餐具都是很名贵的旧瓷器，只是不配套，因为是一件一件买回来的。他一度专门搜集青花瓷。买到手，过一阵就送人。西南联大好几位助教、研究生结婚时都收到沈先生送的雍正青花的茶杯或酒杯。沈先生对陶瓷赏鉴极精，一眼就知是什么朝代的。一个朋友送我一个梨皮色釉的粗瓷盒子，我拿去给他看，他说：“元朝东西，民间窑！”有一阵搜集旧纸，大都是乾隆以前的。多是染过色的，瓷青的、豆绿的、水红的，触手细腻到像煮熟的鸡蛋白外的薄皮，真是美极了。至于茧纸、高丽发笺，那是凡品了。（他搜集旧纸，但自己舍不得用来写字。晚年写字用糊窗户的高丽纸，他说：“我的字值三分钱。”）

在昆明，搜集了一阵耿马漆盒。这种漆盒昆明的地摊上很容易买到，且不贵。沈先生搜集器物的原则是“人弃我取”。其实这种竹胎的，涂红黑两色漆，刮出极繁复而奇异的花纹的圆盒是很美的。装点心，装花生米，装邮票杂物均合适，放在桌上也是个摆设。这种漆盒也都陆续送人了。客人来，坐一阵，临走时大都能带走一个漆盒。有一阵研究中国丝绸，弄到许多大藏经的封面，各种颜色都有：宝蓝的、茶褐的、肉色的，花纹也是各式各样。沈先生后来写了一本《中国丝绸图案》。有一阵研究刺绣，除了衣服、裙子，弄了好多扇套、眼镜盒、香袋。不知他是从哪里“寻摸”来的。这些绣品的针法真是多种多样。我只记得有一种绣法叫“打子”，是用一个一个丝线疙瘩缀出来的。他给我看一种绣品，叫“七色晕”，用七种颜色的绒绣成一个团花，看了真叫人发晕。他搜集、研究这些东西，不是为了消遣，是从发现、证实中国历史文化的优越这个角度出发的，研究时充满感情。我在他八十岁生日写给他的诗里有一联：

玩物从来非丧志，
著书老去为抒情。

这全是纪实。沈先生提及某种文物时常是赞叹不已。马王堆那副不到一两重的纱衣，他不知说了多少次。刺绣用的金线原来是盲人用一把刀，全凭手感，就金箔上切割出来的。他说起时非常感动。有一个木俑（大概是楚俑）一尺多高，衣服非常特别：上衣的一半（连同袖子）是黑色，一半是红的；下裳正好相反，一半是红的，一半是黑的。沈先生说："这真是现代派！"如果照这样式（一点不用修改）做一件时装，拿到巴黎去，由一个长身细腰的模特儿穿起来，到表演台上转那么一转，准能把全巴黎都"镇"了！他平生搜集的文物，在他生前全都分别捐给了几个博物馆、工艺美术院校和工艺美术工厂，连收条都不要一个。

沈先生自奉甚薄。穿衣服从不讲究。他在《湘行散记》里说他穿了一件细毛料的长衫，这件长衫我可没见过。我见他时总是一件洗得褪了色的蓝布长衫，夹着一摞书，匆匆忙忙地走。解放后是蓝卡其布或涤卡的干部服，黑灯芯绒的"懒汉鞋"。有一年做了一件皮大衣（我记得是从房东手里买的一件旧皮袍改制的，灰色粗线呢面），他穿在身上，说是很暖和，高兴得像一个孩子。吃得很清淡。我没见他下过一次馆子。在昆明，我到文林街二十号他的宿舍去看他，到吃饭时总是到对面米线铺吃一碗一角三分钱的米线。有时加一个西红柿，打一个鸡蛋，超不过两角五分。三姐是会做菜的，会做八宝糯米鸭，炖在一个大砂锅里，但不常做。他们住在中老胡同时，有时张充和骑自行车到前门月盛斋买一包烧羊肉回来，就算加了菜了。在小羊宜宾胡同时，常吃的不外是炒四川的菜头，炒茨菰。沈先生爱吃茨菰，说“这个好，比土豆‘格’高”。他在《自传》中说他很会炖狗肉，我在昆明、在北京都没见他炖过一次。有一次他到他的助手王亚蓉家去，先来看看我（王亚蓉住在我们家马路对面，——他七十多了，血压高到二百多，还常为了一点研究资料上的小事到处跑），我让他过一会来吃饭。他带来一卷画，是古代马戏图的摹本，实在是很精彩。他非常得意地问我的女儿：“精彩吧？”那天我给他做了一只烧羊腿，一条鱼。他回家一再向三姐称道：“真好吃。”他经常吃的荤菜是：猪头肉。

他的丧事十分简单。他凡事不喜张扬，最反对搞个人的纪念活动。反对“办生做寿”。他生前累次嘱咐家人，他死后，不开追悼会，不举行遗体告别。但火化之前，总要有一点仪式。新华社消息的标题是《沈从文告别亲友和读者》，是合适的。只通知少数亲友。——有一些景仰他的人是未接通知自己去的。不收花圈，只有二十多个布满鲜花的花篮，很大的白色的百合花、康乃馨、菊花、菖兰。参加仪式的人也不戴纸制的白花，但每人发给一枝半开的月季，行礼后放在遗体边。不放哀乐，放沈先生生前喜爱的音乐，如贝多芬的“悲怆”奏鸣曲等。沈先生面色如生，很安详地躺着。我走近他身边，看着他，久久不能离开。这样一个人，就这样地去了。我看他一眼，又看一眼，我哭了。

沈先生家有一盆虎耳草，种在一个椭圆形的小小钧窑盆里。很多人不认识这种草。这就是《边城》里翠翠在梦里采摘的那种草，沈先生喜欢的草。

金岳霖先生

西南联大有许多很有趣的教授，金岳霖先生是其中的一位。金先生是我的老师沈从文先生的好朋友。沈先生当面和背后都称他为“老金”。大概时常来往的熟朋友都这样称呼他。关于金先生的事，有一些是沈先生告诉我的。我在《沈从文先生在西南联大》一文中提到过金先生。有些事情在那篇文章里没有写进去，觉得还应该写一写。

金先生的样子有点怪。他常年戴着一顶呢帽，进教室也不脱下。每一学年开始，给新的一班学生上课，他的第一句话总是：“我的眼睛有毛病，不能摘帽子，并不是对你们不尊重，请原谅。”他的眼睛有什么病，我不知道，只知道怕阳光。因此他的呢帽的前檐压得比较低，脑袋总是微微地仰着。他后来配了一副眼镜，这副眼镜一只镜片是白的，一只是黑的。这就更怪了。后来在美国讲学期间把眼睛治好了，——好一些，眼镜也换了，但那微微仰着脑袋的姿态一直还没有改变。他身材相当高大，经常穿一件烟草黄色的鹿皮夹克，天冷了就在里面围一条很长的驼色的羊绒围巾。联大的教授穿衣服是各色各样的。闻一多先生有一阵穿一件式样过时的灰色旧夹袍，是一个亲戚送给他的，领子很高，袖口极窄。联大有一次在龙云的长子，蒋介石的干儿子龙绳武家里开校友会，——龙云的长媳是清华校友，闻先生在会上大骂“蒋介石，王八蛋！混蛋！”那天穿的就是这件高领窄袖的旧夹袍。朱自清先生有一阵披着一件云南赶马人穿的蓝色毡子的一口钟。除了体育教员，教授里穿夹克的，好像只有金先生一个人。他的眼神即使是到美国治了后也还是不大好，走起路来有点深一脚浅一脚。他就这样穿着黄夹克，微仰着脑袋，深一脚浅一脚地在联大新校舍的一条土路上走着。

金先生教逻辑。逻辑是西南联大规定文学院一年级学生的必修课，班上学生很多，上课在大教室，坐得满满的。在中学里没有听说有逻辑这门学问，大一的学生对这课很有兴趣。金先生上课有时要提问，那么多的学生，他不能都叫得上名字来，——联大是没有点名册的，他有时一上课就宣布："今天，穿红毛衣的女同学回答问题。"于是所有穿红衣的女同学就都有点紧张，又有点兴奋。那时联大女生在蓝阴丹士林旗袍外面套一件红毛衣成了一种风气。——穿蓝毛衣、黄毛衣的极少。问题回答得流利清楚，也是件出风头的事。金先生很注意地听着，完了，说："Yes！请坐！"

学生也可以提出问题，请金先生解答。学生提的问题深浅不一，金先生有问必答，很耐心。有一个华侨同学叫林国达，操广东普通话，最爱提问题，问题大都奇奇怪怪。他大概觉得逻辑这门学问是挺"玄"的，应该提点怪问题。有一次他又站起来提了一个怪问题，金先生想了一想，说："林国达同学，我问你一个问题：Mr. 林国达 is perpendicular to the blackboard（林国达君垂直于黑板），这什么意思？"林国达傻了。林国达当然无法垂直于黑板，但这句话在逻辑上没有错误。

林国达游泳淹死了。金先生上课，说："林国达死了，很不幸。"这一堂课，金先生一直没有笑容。

有一个同学，大概是陈蕴珍，即萧珊，曾问过金先生："您为什么要搞逻辑？"逻辑课的前一半讲三段论，大前提、小前提、结论、周延、不周延、归纳、演绎……还比较有意思。后半部全是符号，简直像高等数学。她的意思是：这种学问多么枯燥！金先生的回答是："我觉得它很好玩。"

除了文学院大一学生必修课逻辑，金先生还开了一门

“符号逻辑”，是选修课。这门学问对我来说简直是天书。选这门课的人很少，教室里只有几个人。学生里最突出的是王浩。金先生讲着讲着，有时会停下来，问：“王浩，你以为如何?”这堂课就成了他们师生二人的对话。王浩现在在美国。前些年写了一篇关于金先生的较长的文章，大概是论金先生之学的，我没有见到。

王浩和我是相当熟的。他有个要好的朋友王景鹤，和我同在昆明黄土坡一个中学教书，王浩常来玩。来了，常打篮球。大都是吃了午饭就打。王浩管吃了饭就打球叫“练盲肠”。王浩的相貌颇“土”，脑袋很大，剪了一个光头，——联大同学剪光头的很少，说话带山东口音。他现在成了洋人——美籍华人，国际知名的学者，我实在想象不出他现在是什么样子。前年他回国讲学，托一个同学要我给他画一张画。我给他画了几个青头菌、牛肝菌，一根大葱，两头蒜，还有一块很大的宣威火腿。——火腿是很少入画的。我在画上题了几句话，有一句是“以慰王浩异国乡情”。王浩的学问，原来是师承金先生的。一个人一生哪怕只教出一个好学生，也值得了。当然，金先生的好学生不止一个人。

金先生是研究哲学的，但是他看了很多小说。从普鲁斯特到福尔摩斯，都看。听说他很爱看平江不肖生的《江湖奇侠传》。有几个联大同学住在金鸡巷，陈蕴珍、王树藏、刘北汜、施载宣（萧荻）。楼上有一间小客厅。沈先生有时拉一个熟人去给少数爱好文学、写写东西的同学讲一点什么。金先生有一次也被拉了去。他讲的题目是《小说和哲学》。题目是沈先生给他出的。大家以为金先生一定会讲出一番道理。不料金先生讲了半天，结论却是：小说和哲学没有关系。有人问：那么《红楼梦》呢？金先生说："《红楼梦》里的哲学不是哲学。"他讲着讲着，忽然停下来："对不起，我这里有个小动物。"他把右手伸进后脖颈，捉出了一个跳蚤，捏在手指里看看，甚为得意。

金先生是个单身汉（联大教授里不少光棍，杨振声先生曾写过一篇游戏文章《释鳏》，在教授间传阅），无儿无女，但是过得自得其乐。他养了一只很大的斗鸡（云南出斗鸡）。这只斗鸡能把脖子伸上来，和金先生一个桌子吃饭。他到处搜罗大梨、大石榴，拿去和别的教授的孩子比赛。比输了，就把梨或石榴送给他的小朋友，他再去买。

金先生朋友很多，除了哲学系的教授外，时常来往的，据我所知，有梁思成、林徽因夫妇，沈从文，张奚若……君子之交淡如水，坐定之后，清茶一杯，闲话片刻而已。金先生对林徽因的谈吐才华，十分欣赏。现在的年轻人多不知道林徽因。她是学建筑的，但是对文学的趣味极高，精于鉴赏，所写的诗和小说如《窗子以外》《九十九度中》风格清新，一时无二。林徽因死后，有一年，金先生在北京饭店请了一次客，老朋友收到通知，都纳闷：老金为什么请客？到了之后，金先生才宣布："今天是徽因的生日。"

金先生晚年深居简出。毛主席曾经对他说："你要接触接触社会。"金先生已经八十岁了，怎么接触社会呢？他就和一个蹬平板三轮车的约好，每天蹬着他到王府井一带转一大圈。我想象金先生坐在平板三轮上东张西望，那情景一定非常有趣。王府井人挤人，熙熙攘攘，谁也不会知道这位东张西望的老人是一位一肚子学问，为人天真、热爱生活的大哲学家。

金先生治学精深，而著作不多。除了一本大学丛书里的《逻辑》，我所知道的，还有一本《论道》。其余还有什么，我不清楚，须问王浩。

我对金先生所知甚少。希望熟知金先生的人把金先生好好写一写。

联大的许多教授都应该有人好好地写一写。

闻一多先生上课

闻先生性格强烈坚毅。日寇南侵，清华、北大、南开合成临时大学，在长沙少驻，后改为西南联合大学，将往云南。一部分师生组成步行团，闻先生参加步行，万里长征，他把胡子留了起来，声言：抗战不胜，誓不剃须。他的胡子只有下巴上有，是所谓“山羊胡子”，而上髭浓黑，近似一字。他的嘴唇稍薄微扁，目光灼灼。有一张闻先生的木刻像，回头侧身，口衔烟斗，用炽热而又严冷的目光审视着现实，很能表达闻先生的内心世界。

联大到云南后，先在蒙自待了一年。闻先生还在专心治学，把自己整天关在图书馆里。图书馆在楼上。那时不少教授爱起斋名，如朱自清先生的斋名叫“贤于博弈斋”，魏建功先生的书斋叫“学无不暇簃”，有一位教授戏赠闻先生一个斋主的名称：“何妨一下楼主人”。因为闻先生总不下楼。

西南联大校舍安排停当，学校即迁至昆明。

我在读西南联大时，闻先生先后开过三门课：楚辞、唐诗、古代神话。

楚辞班人不多。闻先生点燃烟斗，我们能抽烟的也点着了烟（闻先生的课可以抽烟的），闻先生打开笔记，开讲：“痛饮酒，熟读《离骚》，乃可以为名士。”闻先生的笔记本很大，长一尺有半，宽近一尺，是写在特制的毛边纸稿纸上的。字是正楷，字体略长，一笔不苟。他写字有一特点，是爱用秃笔。别人用过的废笔，他都收集起来。秃笔写篆楷蝇头小字，真是一个功夫。我跟闻先生读一年楚辞，真读懂的只有两句“袅袅兮秋风，洞庭波兮木叶下”。也许还可加上几句：“成礼兮会鼓，传芭兮代舞，姱女倡兮容与。春兰兮秋菊，长无绝兮终古。”

闻先生教古代神话，非常“叫座”。不单是中文系的、文学院的学生来听讲，连理学院、工学院的同学也来听。工学院在拓东路，文学院在大西门，听一堂课得穿过整整一座昆明城。闻先生讲课“图文并茂”。他用整张的毛边纸墨画出伏羲、女娲的各种画像，用揿钉钉在黑板上，口讲指画，有声有色，条理严密，文采斐然，高低抑扬，引人入胜。闻先生是一个好演员。伏羲女娲，本来是相当枯燥的课题，但听闻先生讲课让人感到一种美，思想的美，逻辑的美，才华的美。听这样的课，穿一座城，也值得。

能够像闻先生那样讲唐诗的，并世无第二人。他也讲初唐四杰、大历十才子、《河岳英灵集》，但是讲得最多，也讲得最好的，是晚唐。他把晚唐诗和后期印象派的画联系起来。讲李贺，同时讲到印象派里的pointillism（点画派），说点画看起来只是不同颜色的点，这些点似乎不相连属，但凝视之，则可感觉到点与点之间的内在联系。这样讲唐诗，必须本人既是诗人，也是画家，有谁能办到？闻先生讲唐诗的妙悟，应该记录下来。我是个大大咧咧的人，上课从不记笔记。听说比我高一班的同学郑临川记录了，而且整理成一本《闻一多论唐诗》，出版了，这是大好事。

我颇具歪才，善能胡诌，闻先生很欣赏我。我曾替一个比我低一班的同学代笔写了一篇关于李贺的读书报告，——西南联大一般课程都不考试，只于学期终了时交一篇读书报告即可给学分。闻先生看了这篇读书报告后，对那位同学说："你的报告写得很好，比汪曾祺写的还好！"其实我写李贺，只写了一点：别人的诗都是画在白底子上的画，李贺的诗是画在黑底子上的画，故颜色特别浓烈。这也是西南联大许多教授对学生鉴别的标准：不怕新，不怕怪，而不尚平庸，不喜欢人云亦云，只抄书，无创见。

老舍先生

北京东城迺兹府丰富胡同有一座小院。走进这座小院，就觉得特别安静，异常豁亮。这院子似乎经常布满阳光。院里有两棵不大的柿子树（现在大概已经很大了），到处是花，院里、廊下、屋里，摆得满满的。按季更换，都长得很精神，很滋润，叶子很绿，花开得很旺。这些花都是老舍先生和夫人胡絜青亲自莳弄的。天气晴和，他们把这些花一盆一盆抬到院子里，一身热汗。刮风下雨，又一盆一盆抬进屋，又是一身热汗。老舍先生曾说："花在人养。"老舍先生爱花，真是到了爱花成性的地步，不是可有可无的了。汤显祖曾说他的词曲"俊得江山助"。老舍先生的文章也可以说是“俊得花枝助”。叶浅予曾用白描为老舍先生画像，四面都是花，老舍先生坐在百花丛中的藤椅里，微仰着头，意态悠远。这张画不是写实，意思恰好。

客人被让进了北屋当中的客厅，老舍先生就从西边的一间屋子走出来。这是老舍先生的书房兼卧室。里面陈设很简单，一桌、一椅、一榻。老舍先生腰不好，习惯睡硬床。老舍先生是文雅的、彬彬有礼的。他的握手是轻轻的，但是很亲切。茶已经沏出色了，老舍先生执壶为客人倒茶。据我的印象，老舍先生总是自己给客人倒茶的。

老舍先生爱喝茶，喝得很勤，而且很酽。他曾告诉我，到莫斯科去开会，旅馆里倒是为他特备了一只暖壶。可是他沏了茶，刚喝了几口，一转眼，服务员就给倒了。“他们不知道，中国人是一天到晚喝茶的！”

有时候，老舍先生正在工作，请客人稍候，你也不会觉得闷得慌。你可以看看花。如果是夏天，就可以闻到一阵一阵香白杏的甜香味儿。一大盘香白杏放在条案上，那是专门为了闻香而摆设的。你还可以站起来看看西壁上挂的画。

老舍先生藏画甚富，大都是精品。所藏齐白石的画可谓“绝品”。壁上所挂的画是时常更换的。挂的时间较久的，是白石老人应老舍点题而画的四幅屏。其中一幅是很多人在文章里提到过的《蛙声十里出山泉》。“蛙声”如何画？白石老人只画了一脉活泼的流泉，两旁是乌黑的石崖，画的下端画了几只摆尾的蝌蚪。画刚刚裱起来时，我上老舍先生家去，老舍先生对白石老人的设想赞叹不止。

老舍先生极其爱重齐白石，谈起来总是充满感情。我所知道的一点白石老人的逸事，大都是从老舍先生那里听来的。老舍先生谈这四幅里原来点的题有一句是苏曼殊的诗（是哪一句我忘记了），要求画卷心的芭蕉。老人踌躇了很久，终于没有应命，因为他想不起芭蕉的心是左旋还是右旋的了，不能胡画。老舍先生说："老人是认真的。"老舍先生谈起过，有一次要拍齐白石的画的电影，想要他拿出几张得意的画来，老人说："没有！"后来由他的学生再三说服动员，他才从画案的隙缝中取出一卷（他是木匠出身，他的画案有他自制的"消息"），外面裹着好几层报纸，写着四个大字："此是废纸"。打开一看，都是惊人的杰作，——就是后来纪录片里所拍摄的。白石老人家里人口很多，每天煮饭的米都是老人亲自量，用一个香烟罐头。"一下、两下、三下……行了！"——"再添一点，再添一点！"——"吃那么多呀！"有人曾提出把老人接出来住，这么大岁数了，不要再操心这样的家庭琐事了。老舍先生知道了，给拦了，说："别！他这么着惯了。不叫他干这些，他就活不成了。"老舍先生的意见表现了他对人的理解，对一个人生活习惯的尊重，同时也表现了对白石老人真正的关怀。

老舍先生很好客，每天下午，来访的客人不断。作家，画家，戏曲、曲艺演员……老舍先生都是以礼相待，谈得很投机。

每年，老舍先生要把市文联的同人约到家里聚两次。一次是菊花开的时候，赏菊。一次是他的生日，——我记得是腊月二十三。酒菜丰盛，而有特点。酒是“敞开供应”，汾酒、竹叶青、伏特加，愿意喝什么喝什么，能喝多少喝多少。有一次很郑重地拿出一瓶葡萄酒，说是毛主席送来的，让大家都喝一点。菜是老舍先生亲自掂配的。老舍先生有意叫大家尝尝地道的北京风味。我记得有次有一瓷钵芝麻酱炖黄花鱼。这道菜我从未吃过，以后也再没有吃过。老舍家的芥末墩是我吃过的最好的芥末墩！有一年，他特意订了两大盒“盒子菜”。直径三尺许的朱红扁圆漆盒，里面分开若干格，装的不过是火腿、腊鸭、小肚、口条之类的切片，但都很精致。熬白菜端上来了，老舍先生举起筷子：“来来来！这才是真正的好东西！”

老舍先生对他下面的干部很了解，也很爱护。当时市文联的干部不多，老舍先生对每个人都相当清楚。他不看干部的档案，也从不找人“个别谈话”，只是从平常的谈吐中就了解一个人的水平和才气，那是比看档案要准确得多的。老舍先生爱才，对有才华的青年，常常在各种场合称道，“平生不解藏人善，到处逢人说项斯”。而且所用的语言在有些人听起来是有点过甚其词、不留余地的。老舍先生不是那种惯说模棱两可、含糊其词、温暾水一样的官话的人。我在市文联几年，始终感到领导我们的是一位作家。他和我们的关系是前辈与后辈的关系，不是上下级关系。老舍先生这样“作家领导”的作风在市文联留下很好的影响，大家都平等相处，开诚布公，说话很少顾虑，都有点书生气、书卷气。他的这种领导风格，正是我们今天很多文化单位的领导所缺少的。

老舍先生是市文联的主席，自然也要处理一些“公务”，看文件，开会，作报告（也是由别人起草的）……但是作为一个北京市的文化工作的负责人，他常常想一些别人没有想到或想不到的问题。

北京解放前有一些盲艺人，他们沿街卖艺，有时还兼带算命，生活很苦。他们的“玩意儿”和睁眼的艺人不全一样。老舍先生和一些盲艺人熟识，提议把这些盲艺人组织起来，使他们的生活有出路，别让他们的“玩意儿”绝了。为了引起各方面的重视，他把盲艺人请到市文联演唱了一次。老舍先生亲自主持，作了介绍，还特烦两位老艺人翟少平、王秀卿唱了一段《当皮箱》。这是一个喜剧性的牌子曲，里面有一个人物是当铺的掌柜，说山西话；有一个牌子叫“鹦哥调”，句尾的和声用喉舌作出有点像母猪拱食的声音，很特别，很逗。这个段子和这个牌子，是睁眼艺人没有的。老舍先生那天显得很兴奋。

北京有一座智化寺，寺里的和尚作法事和别的庙里的不一样，演奏音乐。他们演奏的乐调不同凡响，很古。所用乐谱别人不能识，记谱的符号不是工尺，而是一些奇奇怪怪的笔道。乐器倒也和现在常见的差不多，但主要的乐器却是管。据说这是唐代的“燕乐”。解放后，寺里的和尚多半已经各谋生计了，但还能集拢在一起。老舍先生把他们请来，演奏了一次。音乐界的同志对这堂活着的古乐都很感兴趣。老舍先生为此也感到很兴奋。

《当皮箱》和“燕乐”的下文如何，我就不知道了。

老舍先生是历届北京市人民代表。当人民代表就要替人民说话。以前人民代表大会的文件汇编是把代表提案都印出来的。有一年老舍先生的提案是：希望政府解决芝麻酱的供应问题。那一年北京芝麻酱缺货。老舍先生说：“北京人夏天离不开芝麻酱！”不久，北京的油盐店里有芝麻酱卖了，北京人又吃上了香喷喷的麻酱面。

老舍是属于全国人民的，首先是属于北京人的。

一九五四年，我调离北京市文联，以后就很少上老舍先生家里去了。听说他有时还提到我。

四方食事

一个人的口味要宽一点、杂一点，“南甜北咸东辣西酸”，都去尝尝。对食物如此，对文化也应该这样。

故乡的食物

炒米和焦屑

小时读《板桥家书》："天寒冰冻时，穷亲戚朋友到门，先泡一大碗炒米送手中，佐以酱姜一小碟，最是暖老温贫之具。"觉得很亲切。郑板桥是兴化人，我的家乡是高邮，风气相似。这样的感情，是外地人们不易领会的。炒米是各地都有的。但是很多地方都做成了炒米糖。这是很便宜的食品。孩子买了，咯咯地嚼着。四川有"炒米糖开水"，车站码头都有得卖，那是泡着吃的。但四川的炒米糖似也是专业的作坊做的，不像我们那里。我们那里也有炒米糖，像别处一样，切成长方形的一块一块。也有搓成圆球的，叫作“欢喜团”。那也是作坊里做的。但通常所说的炒米，是不加糖黏结的，是“散装”的；而且不是作坊里做出来，是自己家里炒的。

说是自己家里炒，其实是请了人来炒的。炒炒米也要点手艺，并不是人人都会的。入了冬，大概是过了冬至吧，有人背了一面大筛子，手持长柄的铁铲，大街小巷地走，这就是炒炒米的。有时带一个助手，多半是个半大孩子，是帮他烧火的。请到家里来，管一顿饭，给几个钱，炒一天。或二斗，或半石；像我们家人口多，一次得炒一石糯米。炒炒米都是把一年所需一次炒齐，没有零零碎碎炒的。过了这个季节，再找炒炒米的也找不着。一炒炒米，就让人觉得，快要过年了。

装炒米的坛子是固定的，这个坛子就叫“炒米坛子”，不作别的用途。舀炒米的东西也是固定的，一般人家大都是用一个香烟罐头。我的祖母用的是一个“柚子壳”。柚子，——我们那里柚子不多见，从顶上开一洞，把里面的瓤掏出来，再塞上米糠，风干，就成了一个硬壳的钵状的东西。她用这个柚子壳用了一辈子。

我父亲有一个很怪的朋友，叫张仲陶。他很有学问，曾教我读过《项羽本纪》。他薄有田产，不治生业，整天在家研究《易经》，算卦。他算卦用蓍草。全城只有他一个人用蓍草算卦。据说他有几卦算得极灵。有一家，丢了一只金戒指，怀疑是女用人偷了。这女用人蒙了冤枉，来求张先生算一卦。张先生算了，说戒指没有丢，在你们家炒米坛盖子上。一找，果然。我小时就不大相信，算卦怎么能算得这样准，怎么能算得出在炒米坛盖子上呢？不过他的这一卦说明了一件事，即我们那里炒米坛子是几乎家家都有的。

炒米这东西实在说不上有什么好吃。家常预备，不过取其方便。用开水一泡，马上就可以吃。在没有什么东西好吃的时候，泡一碗，可代早晚茶。来了平常的客人，泡一碗，也算是点心。郑板桥说“穷亲戚朋友到门，先泡一大碗炒米送手中”，也是说其省事，比下一碗挂面还要简单。炒米是吃不饱人的。一大碗，其实没有多少东西。我们那里吃泡炒米，一般是抓上一把白糖，如板桥所说“佐以酱姜一小碟”，也有，少。我现在岁数大了，如有人请我吃泡炒米，我倒宁愿来一小碟酱生姜，——最好滴几滴香油，那倒是还有点意思的。另外还有一种吃法，用猪油煎两个嫩荷包蛋——我们那里叫作“蛋瘪子”，抓一把炒米和在一起吃。这种食品是只有“惯宝宝”才能吃得到的。谁家要是老给孩子吃这种东西，街坊就会有议论的。

我们那里还有一种可以急就的食品，叫作“焦屑”。煳锅巴磨成碎末，就是焦屑。我们那里，餐餐吃米饭，顿顿有锅巴。把饭铲出来，锅巴用小火烘焦，起出来，卷成一卷，存着。锅巴是不会坏的，不发馊，不长霉，攒够一定的数量，就用一具小石磨磨碎，放起来。焦屑也像炒米一样，用开水冲冲，就能吃了，焦屑调匀后成糊状，有点像北方的炒面，但比炒面爽口。

我们那里的人家预备炒米和焦屑，除了方便，原来还有一层意思，是应急。在不能正常煮饭时，可以用来充饥。这很有点像古代行军用的“糒”。有一年，记不得是哪一年，总之是我还小，还在上小学，党军（国民革命军）和联军（孙传芳的军队）在我们县境内开了仗，很多人都躲进了红十字会。不知道出于一种什么信念，大家都以为红十字会是哪一方的军队都不能打进去的，进了红十字会就安全了。红十字会设在炼阳观，这是一个道士观。我们一家带了一点行李进了炼阳观。祖母指挥着，特别关照，把一坛炒米和一坛焦屑带了去。我对这种打破常规的生活极感兴趣。晚上，爬到吕祖楼上去，看双方军队枪炮的火光在东北面不知什么地方一阵一阵地亮着，觉得有点紧张，也很好玩。很多人家住在一起，不能煮饭，这一晚上，我们是冲炒米、泡焦屑度过的。没有床铺，我把几个道士诵经用的蒲团拼起来，在上面睡了一夜。这实在是我小时候度过的一个浪漫主义的夜晚。

第二天，没事了，大家就都回家了。

炒米和焦屑和我家乡的贫穷和长期的动乱是有关系的。

端午的鸭蛋

家乡的端午，很多风俗和外地一样。系百索子。五色的丝线拧成小绳，系在手腕上。丝线是掉色的，洗脸时沾了水，手腕上就印得红一道绿一道的。做香角子。丝线缠住小粽子，里头装了香面，一个一个穿起来，挂在帐钩上。贴五毒。红纸剪成五毒，贴在门槛上。贴符。这符是城隍庙送来的。城隍庙的老道士还是我的寄名干爹，他每年端午节前就派小道士送符来，还有两把小纸扇。符送来了，就贴在堂屋的门楣上。一尺来长的黄色、蓝色的纸条，上面用朱笔画些莫名其妙的道道，这就能辟邪吗？喝雄黄酒。用酒和的雄黄在孩子的额头上画一个王字，这是很多地方都有的。有一个风俗不知别处有不：放黄烟子。黄烟子是大小如北方的麻雷子的炮仗，只是里面灌的不是硝药，而是雄黄。点着后不响，只是冒出一股黄烟，能冒好一会。把点着的黄烟子丢在橱柜下面，说是可以熏五毒。小孩子点了黄烟子，常把它的一头抵在板壁上写“虎”字。写黄烟“虎”字笔画不能断，所以我们那里的孩子都会写草书的“一笔虎”。还有一个风俗，是端午节的午饭要吃“十二红”，就是十二道红颜色的菜。“十二红”里我只记得有炒红苋菜、油爆虾、咸鸭蛋，其余的都记不清，数不出了。也许“十二红”只是一个名目，不一定真凑足十二样。不过午饭的菜都是红的，这一点是我没有记错的，而且，苋菜、虾、鸭蛋，一定是有的。这三样，在我的家乡，都不贵，多数人家是吃得起的。

我的家乡是水乡。出鸭。高邮大麻鸭是著名的鸭种。鸭多，鸭蛋也多。高邮人也善于腌鸭蛋。高邮咸鸭蛋于是出了名。我在苏南、浙江，每逢有人问起我的籍贯，回答之后，对方就会肃然起敬："哦！你们那里出咸鸭蛋！"上海的卖腌腊的店铺里也卖咸鸭蛋，必用纸条特别标明："高邮咸蛋"。高邮还出双黄鸭蛋。别处鸭蛋也偶有双黄的，但不如高邮的多，可以成批输出。双黄鸭蛋味道其实无特别处。还不就是个鸭蛋！只是切开之后，里面圆圆的两个黄，使人惊奇不已。我对异乡人称道高邮鸭蛋，是不大高兴的，好像我们那穷地方就出鸭蛋似的！不过高邮的咸鸭蛋，确实是好，我走的地方不少，所食鸭蛋多矣，但和我家乡的完全不能相比！曾经沧海难为水，他乡咸鸭蛋，我实在瞧不上。袁枚的《随园食单·小菜单》有"腌蛋"一条。袁子才这个人我不喜欢，他的《食单》好些菜的做法是听来的，他自己并不会做菜。但是"腌蛋"这一条我看后却觉得很亲切，而且"与有荣焉"。文不长，录如下：

> 腌蛋以高邮为佳，颜色红而油多，高文端公最喜食之。席间先夹取以敬客。放盘中，总宜切开带壳，黄

白兼用；不可存黄去白，使味不全，油亦走散。

高邮咸蛋的特点是质细而油多。蛋白柔嫩，不似别处的发干、发粉，入口如嚼石灰。油多尤为别处所不及。鸭蛋的吃法，如袁子才所说，带壳切开，是一种，那是席间待客的办法。平常食用，一般都是敲破“空头”用筷子挖着吃。筷子头一扎下去，吱——红油就冒出来了。高邮咸蛋的黄是通红的。苏北有一道名菜，叫作“朱砂豆腐”，就是用高邮鸭蛋黄炒的豆腐。我在北京吃的咸鸭蛋，蛋黄是浅黄色的，这叫什么咸鸭蛋呢！

端午节，我们那里的孩子兴挂“鸭蛋络子”。头一天，就由姑姑或姐姐用彩色丝线打好了络子。端午一早，鸭蛋煮熟了，由孩子自己去挑一个，鸭蛋有什么可挑的呢？有！一要挑淡青壳的。鸭蛋壳有白的和淡青的两种。二要挑形状好看的。别说鸭蛋都是一样的，细看却不同。有的样子蠢，有的秀气。挑好了，装在络子里，挂在大襟的纽扣上。这有什么好看呢？然而它是孩子心爱的饰物。鸭蛋络子挂了多半天，什么时候孩子一高兴，就把络子里的鸭蛋掏出来，吃了。端午的鸭蛋，新腌不久，只有一点淡淡的咸味，白嘴吃也可以。

孩子吃鸭蛋是很小心的。除了敲去空头，不把蛋壳碰破。蛋黄蛋白吃光了，用清水把鸭蛋壳里面洗净，晚上捉了萤火虫来，装在蛋壳里，空头的地方糊一层薄罗。萤火虫在鸭蛋壳里一闪一闪地亮，好看极了！

小时读“囊萤映雪”故事，觉得东晋的车胤用练囊盛了几十只萤火虫，照了读书，还不如用鸭蛋壳来装萤火虫。不过用萤火虫照亮来读书，而且一夜读到天亮，这能行吗？车胤读的是手写的卷子，字大，若是读现在的新五号字，大概是不行的。

咸菜茨菰汤

一到下雪天，我们家就喝咸菜汤，不知是什么道理。是因为雪天买不到青菜？那也不见得。除非大雪三日，卖菜的出不了门，否则他们总还会上市卖菜的。这大概只是一种习惯。一早起来，看见飘雪花了，我就知道：今天中午是咸菜汤！

咸菜是青菜腌的。我们那里过去不种白菜，偶有卖的，叫作“黄芽菜”，是外地运去的，很名贵。一盘黄芽菜炒肉丝，是上等菜。平常吃的，都是青菜，青菜似油菜，但高大得多。入秋，腌菜，这时青菜正肥。把青菜成担地买来，洗净，晾去水汽，下缸。一层菜，一层盐，码实，即成。随吃随取，可以一直吃到第二年春天。

腌了四五天的新咸菜很好吃，不咸，细、嫩、脆、甜，难可比拟。

咸菜汤是咸菜切碎了煮成的。到了下雪的天气，咸菜已经腌得很咸了，而且已经发酸。咸菜汤的颜色是暗绿的。没有吃惯的人，是不容易引起食欲的。

咸菜汤里有时加了茨菰片，那就是咸菜茨菰汤。或者叫茨菰咸菜汤，都可以。

我小时候对茨菰实在没有好感。这东西有一种苦味。民国二十年，我们家乡闹大水，各种作物减产，只有茨菰却丰收。那一年我吃了很多茨菰，而且是不去茨菰的嘴子的，真难吃。

我十九岁离乡，辗转漂流，三四十年没有吃到茨菰，并不想。

前好几年，春节后数日，我到沈从文老师家去拜年，他留我吃饭，师母张兆和炒了一盘茨菰肉片。沈先生吃了两片茨菰，说："这个好！'格'比土豆高。"我承认他这话。吃菜讲究"格"的高低，这种语言正是沈老师的语言。他是对什么事物都讲"格"的，包括对于茨菰、土豆。

因为久违，我对茨菰有了感情。前几年，北京的菜市场在春节前后有卖茨菰的。我见到，必要买一点回来加肉炒了。家里人都不怎么爱吃。所有的茨菰，都由我一个人"包圆儿"了。

北方人不识茨菰。我买茨菰，总要有人问我："这是什么?”——“茨菰。”——“茨菰是什么?”这可不好回答。

北京的茨菰卖得很贵，价钱和“洞子货”(温室所产)的西红柿、野鸡脖韭菜差不多。

我很想喝一碗咸菜茨菰汤。

我想念家乡的雪。

虎头鲨·昂嗤鱼·砗螯·螺蛳·蚬子

苏州人特重塘鳢鱼。上海人也是，一提起塘鳢鱼，眉飞色舞。塘鳢鱼是什么鱼?我向往之久矣。到苏州，曾想尝尝塘鳢鱼，未能如愿。后来我知道:塘鳢鱼就是虎头鲨，嗐!

塘鳢鱼亦称土步鱼。《随园食单》:“杭州以土步鱼为上品，而金陵人贱之，目为虎头蛇，可发一笑。”虎头蛇即虎头鲨。这种鱼样子不好看，而且有点凶恶。浑身紫褐色，有细碎黑斑，头大而多骨，鳍如蝶翅。这种鱼在我们那里也是贱鱼，是不能上席的。苏州人做塘鳢鱼有清炒、椒盐多法。我们家乡通常的吃法是氽汤，加醋、胡椒。虎头鲨氽汤，鱼肉极细嫩，松而不散，汤味极鲜，开胃。

昂嗤鱼的样子也很怪，头扁嘴阔，有点像鲇鱼，无鳞，皮色黄，有浅黑色的不规整的大斑。无背鳍。而背上有一根很硬的尖锐的骨刺。用手捏起这根骨刺，它就发出昂嗤昂嗤小小的声音。这声音是怎么发出来的，我一直没弄明白。这种鱼是由这种声音得名的。它的学名是什么，只有去问鱼类学专家了。这种鱼没有很大的，七八寸长的，就算难得的了。这种鱼也很贱，连乡下人也看不起。我的一个亲戚在农村插队，见到昂嗤鱼，买了一些，农民都笑他："买这种鱼干什么！"昂嗤鱼其实是很好吃的。昂嗤鱼通常也是汆汤。虎头鲨是醋汤，昂嗤鱼不加醋，汤白如牛乳，是所谓"奶汤"。昂嗤鱼也极细嫩，鳃边的两块蒜瓣肉有大拇指大，堪称至味。有一年，北京一家鱼店不知从哪里运来一些昂嗤鱼，无人问津。顾客都不识这是啥鱼。有一位卖鱼的老师傅倒知道："这是昂嗤。"我看到，高兴极了，买了十来条。回家一做，满不是那么一回事！昂嗤要吃活的（虎头鲨也是活杀）。长途转运，又在冷库里冰了一些日子，肉质变硬，鲜味全失，一点意思都没有！

砗螯我的家乡叫馋螯，砗螯是扬州人的叫法。我在大连见到花蛤，我以为就是砗螯，不是。形状很相似，入口全不同。花蛤肉粗而硬，咬不动。砗螯极柔软细嫩。砗螯好像是淡水里产的，但味道却似海鲜。有点像蛎黄，但比蛎黄味道清爽。比青蛤、蚶子味厚。砗螯可清炒，烧豆腐，或与咸肉同煮。砗螯烧乌青菜（江南人叫塌苦菜），风味绝佳。乌青菜如是经霜而现拔的，尤美。我不食砗螯四十五年矣。

砗螯壳稍呈三角形，质坚，白如细瓷，而有各种颜色的弧形花斑，有浅紫的，有暗红的，有赭石、墨蓝的，很好看。家里买了砗螯，挖出砗螯肉，我们就从一堆砗螯壳里去挑选，挑到好的，洗净了留起来玩。砗螯壳的铰合部有两个突出的尖嘴子，把尖嘴子在糙石上磨磨，不一会儿就磨出两个小圆洞，含在嘴里吹，呜呜地响，且有细细颤音，如风吹窗纸。

螺蛳处处有之。我们家乡清明吃螺蛳，谓可以明目。用五香煮熟螺蛳，分给孩子，一人半碗，由他们自己用竹签挑着吃。孩子吃了螺蛳，用小竹弓把螺蛳壳射到屋顶上，喀啦喀啦地响。夏天“检漏”，瓦匠总要扫下好些螺蛳壳。这种小弓不作别的用处，就叫作螺蛳弓，我在小说《戴车匠》里对螺蛳弓有较详细的描写。

蚬子是我所见过的贝类里最小的了，只有一粒瓜子大。蚬子是剥了壳卖的。剥蚬子的人家附近堆了好多蚬子壳，像一个坟头。蚬子炒韭菜，很下饭。这种东西非常便宜，为小户人家的恩物。

有一年修运河堤。按工程规定，有一段堤面应铺碎石，包工的贪污了款子，在堤面铺了一层蚬子壳。前来检收的委员，坐在汽车里，向外一看，白花花的一片，还抽着雪茄烟，连说：“很好！很好！”

我的家乡富水产。鱼中之名贵的是鳊鱼、白鱼（尤重翘嘴白）、鲟花鱼（即鳜鱼），谓之“鳊、白、鲟”。虾有青虾、白虾。蟹极肥。以无特点，故不及。

野鸭·鹌鹑·斑鸠·鵽

过去我们那里野鸭子很多。水乡，野鸭子自然多。秋冬之际，天上有时“过”野鸭子，黑乎乎的一大片，在地上可以听到它们鼓翅的声音，呼呼的，好像刮大风。野鸭子是枪打的（野鸭肉里常常有很细的铁砂子，吃时要小心），但打野鸭子的人自己不进城来卖。卖野鸭子有专门的摊子。有时卖鱼的也卖野鸭子，把一个养活鱼的木盆翻过来，野鸭一对一对地摆在盆底，卖野鸭子是不用秤约的，都是一对一对地卖。野鸭子是有一定分量的。依分量大小，有一定的名称，如“对鸭”“八鸭”。哪一种有多大分量，我现在已经记不清了。卖野鸭子都是带毛的。卖野鸭子的可以代客当场去毛，拔野鸭毛是不能用开水烫的。野鸭子皮薄，一烫，皮就破了。干拔，卖野鸭子的把一只鸭子放入一个麻袋里，一手提鸭，一手拔毛，一会就拔净了。——放在麻袋里拔，是防止鸭毛飞散。代客拔毛，不另收费，卖野鸭子的只要那一点鸭毛。——野鸭毛是值钱的。

野鸭的吃法通常是切块红烧。清炖大概也可以吧，我没有吃过。野鸭子肉的特点是：细、酥，不像家鸭每每肉老。野鸭烧咸菜是我们那里的家常菜。里面的咸菜尤其是佐粥的妙品。

现在我们那里的野鸭子很少了。前几年我回乡一次，偶有，卖得很贵。原因据说是因为县里对各乡水利做了全面综合治理，过去的水荡子、荒滩少了，野鸭子无处栖息。而且，野鸭子过去是吃收割后遗撒在田里的谷粒的，现在收割得很干净，颗粒归仓，野鸭子没有什么可吃的，不来了。

鹌鹑是网捕的。我们那里吃鹌鹑的人家少，因为这东西只有由乡下的亲戚送来，市面上没有卖的。鹌鹑大都是用五香卤了吃。也有用油炸了的。鹌鹑能斗，但我们那里无斗鹌鹑的风气。

我看见过猎人打斑鸠。我在读初中的时候。午饭后，我到学校后面的野地里去玩。野地里有小河，有野蔷薇，有金黄色的茼蒿花，有苍耳（苍耳子有小钩刺，能挂在衣裤上，我们管它叫“万把钩”），有才抽穗的芦荻。在一片树林里，我发现一个猎人。我们那里猎人很少，我从来没有见过猎人，但是我一看见他，就知道：他是一个猎人。这个猎人给我一个非常猛厉的印象。他穿了一身黑，下面却缠了鲜红的绑腿。他很瘦。他的眼睛黑，而冷。他握着枪。他在干什么？树林上面飞过一只斑鸠。他在追逐这只斑鸠。斑鸠分明已经发现猎人了。它想逃脱。斑鸠飞到北面，在树上落一落，猎人一步一步往北走。斑鸠连忙往南面飞，猎人扬头看了一眼，斑鸠落定了，猎人又一步一步往南走，非常冷静。这是一场无声的，然而非常紧张的、坚持的较量。斑鸠来回飞，猎人来回走。我很奇怪，为什么斑鸠不往树林外面飞。这样几个来回，斑鸠慌了神了，它飞得不稳了，歪歪倒倒的，失去了原来均匀的节奏。忽然，砰，——枪声一响，斑鸠应声而落。猎人走过去，拾起斑鸠，看了看，装在猎袋里。他的眼睛很黑，很冷。

我在小说《异秉》里提到王二的熏烧摊子上，春天，卖一种叫作“䳠”的野味，䳠这种东西我在别处没看见过。“䳠”这个字很多人也不认得。多数字典里不收。《辞海》里倒有这个字，标音为（duò又读zhuā）。zhuā与我乡读音较近，但我们那里是读入声的，这只有用国际音标才标得出来。即使用国际音标标出，在不知道“短促急收藏”的北方人也是读不出来的。《辞海》“䳠”字条下注云：“见‘䳠鸠’”，似以为“䳠”即“䳠鸠”。而在“䳠鸠”条下注云：“鸟名。雉属。即‘沙鸡’。”这就不对了。沙鸡我是见过的，吃过的。内蒙古、张家口多出沙鸡。《尔雅·释鸟》郭璞注：“出北方沙漠地。”不错。北京冬季偶尔也有卖的。沙鸡嘴短而红，腿也短。我们那里的䳠却是水鸟，嘴长，腿也长。䳠的滋味和沙鸡有天渊之别。沙鸡肉较粗，略带酸味；䳠肉极细，非常香。我一辈子没有吃过比䳠更香的野味。

蒌蒿·枸杞·荠菜·马齿苋

小说《大淖记事》："春初水暖，沙洲上冒出很多紫红色的芦芽和灰绿色的蒌蒿，很快就是一片翠绿了。"我在书页下方加了一条注："蒌蒿是生于水边的野草，粗如笔管，有节，生狭长的小叶，初生二寸来高，叫作'蒌蒿薹子'，加肉炒食极清香。……"蒌蒿的"蒌"字，我小时不知怎么写，后来偶然看了一本什么书，才知道的。这个字音"吕"。我小学有一个同班同学，姓吕，我们就给他起了个外号，叫"蒌蒿薹子"（蒌蒿薹子家开了一爿糖坊，小学毕业后未升学，我们看见他坐在糖坊里当小老板，觉得很滑稽）。但我查了几本字典，"蒌"都音"楼"，我有点恍惚了。"楼""吕"一声之转。许多从"娄"的字都读"吕"，如"屡""缕""褛"……这本来无所谓，读"楼"读"吕"，关系不大。但字典上都说蒌蒿是蒿之一种，即白蒿，我却有点不以为然了。我小说里写的蒌蒿和蒿其实不相干。读苏东坡《惠崇春江晚景》诗："竹外桃花三两枝，春江水暖鸭先知。蒌蒿满地芦芽短，正是河豚欲上时。"此蒌蒿生于水边，与芦芽为伴，分明是我的家乡人所吃的蒌蒿，非白蒿。或者"即白蒿"的蒌蒿别是一种，未可知矣。深望懂诗、懂植物学，也懂吃的博雅君子有以教我。

我的小说注文中所说的“极清香”，很不具体，嗅觉和味觉是很难比方，无法具体的。昔人以为荔枝味似软枣，实在是风马牛不相及。我所谓“清香”，即食时如坐在河边闻到新涨的春水的气味。这是实话，并非故作玄言。

枸杞到处都有。开花后结长圆形的小浆果，即枸杞子。我们叫它“狗奶子”，形状颇像。本地产的枸杞子没有入药的，大概不如宁夏产的好。枸杞是多年生植物。春天，冒出嫩叶，即枸杞头。枸杞头是容易采到的。偶尔也有近城的乡村的女孩子采了，放在竹篮里叫卖：“枸杞头来！……”枸杞头可下油盐炒食；或用开水焯了，切碎，加香油、酱油、醋，凉拌了吃。那滋味，也只能说“极清香”。春天吃枸杞头，云可以清火，如北方人吃苣荬菜一样。

“三月三，荠菜花赛牡丹。”俗谓是日以荠菜花置灶上，则蚂蚁不上锅台。

北京也偶有荠菜卖。菜市上卖的是园子里种的，茎白叶大，颜色较野生者浅淡，无香气。农贸市场间有南方的老太太挑了野生的来卖，则又过于细瘦，如一团乱发，制熟后强硬扎嘴。总不如南方野生的有味。

江南人惯用荠菜包春卷，包馄饨，甚佳。我们家乡有用来包春卷的，用来包馄饨的没有，——我们家乡没有“菜肉馄饨”。一般是凉拌。荠菜焯熟剁碎，界首茶干切细丁，入虾米，同拌。这道菜是可以上酒席作凉菜的。酒席上的凉拌荠菜都用手抟成一座尖塔，临吃推倒。

马齿苋现在很少有人吃。古代这是相当重要的菜蔬。苋分人苋、马苋。人苋即今苋菜，马苋即马齿苋。我的祖母每于夏天摘肥嫩的马齿苋晾干，过年时做馅包包子。她是吃长斋的，这种包子只有她一个人吃。我有时从她的盘子里拿一个，蘸了香油吃，挺香。马齿苋有点淡淡的酸味。

马齿苋开花，花瓣如一小囊。我们有时捉了一个哑巴知了，——知了是应该会叫的，捉住一个哑巴，多么扫兴！于是就摘了两个马齿苋的花瓣套住它的眼睛，——马齿苋花瓣套知了眼睛正合适，一撒手，这知了就拼命往高处飞，一直飞到看不见！

三年自然灾害[1]，我在张家口沙岭子吃过不少马齿苋。那时候，这是宝物！

---

① 即三年困难时期，指1959年至1961年全国性的粮食和副食品短缺危机。——编者注

四方食事

口　味

“口之于味，有同嗜焉。”好吃的东西大家都爱吃。宴会上有烹大虾（得是极新鲜的），大都剩不下。但是也不尽然。羊肉是很好吃的。“羊大为美”。中国人吃羊肉的历史大概和这个民族的历史同样久远。中国羊肉的吃法很多，不能列举。我以为最好吃的是手把羊肉。维吾尔、哈萨克都有手把羊肉，但似以内蒙古为最好。内蒙很多盟旗都说他们那里的羊肉不膻，因为羊吃了草原上的野葱，生前已经自己把膻味解了。我以为不膻固好，膻亦无妨。我曾在达茂旗吃过

“羊贝子”，即白煮全羊。整只羊放在锅里只煮四十五分钟（为了照顾远来的汉族客人，多煮了十五分钟，他们自己吃，只煮半小时），各人用刀割取自己中意的部位，蘸一点作料（原来只备一碗盐水，近年有了较多的作料）吃。羊肉带生，一刀切下去，会汪出一点血，但是鲜嫩无比。内蒙古人说，羊肉越煮越老，半熟的，才易消化，也能多吃。我几次到内蒙古，吃羊肉吃得非常过瘾。同行有一位女同志，不但不吃，连闻都不能闻。一走进食堂，闻到羊肉气味就想吐。她只好每顿用开水泡饭，吃咸菜，真是苦煞。全国不吃羊肉的人，不在少数。

“鱼羊为鲜”，有一位老同志是获鹿县人，是回民，他倒是吃羊肉的，但是一生不解何所谓鲜。他的爱人是南京人，动辄说：“这个菜很鲜。”他说：“什么叫‘鲜’？我只知道什么东西吃着‘香’。”要解释什么是“鲜”，是困难的。我的家乡以为最能代表鲜味的是虾子。虾子冬笋、虾子豆腐羹，都很鲜。虾子放得太多，就会“鲜得连眉毛都掉了”的。我有个小孙女，很爱吃我配料煮的龙须挂面。有一次我放了虾子，她尝了一口，说：“有股什么味！”不吃。

中国不少省份的人都爱吃辣椒。云、贵、川、黔、湘、赣。延边朝鲜族也极能吃辣。人说吃辣椒爱上火。井冈山人说：“辣子有补（没有营养），两头受苦。”我认识一个演员，他一天不吃辣椒，就会便秘！我认识一个干部，他每天在机关吃午饭，什么菜也不吃，只带了一小饭盒油炸辣椒来，吃辣椒下饭。顿顿如此。此人真是个吃辣椒专家，全国各地的辣椒，都设法弄了来吃。据他的品评，认为土家族的最好。有一次他带了一饭盒来，让我尝尝，真是又辣又香。然而有人是不吃辣的。我曾随剧团到重庆体验生活。四川无菜不辣，有人实在受不了。有一个演员带了几个年轻的女演员去吃汤圆，一个唱老旦的演员进门就嚷嚷：“不要辣椒！”卖汤圆的白了她一眼：“汤圆没有放辣椒的！”

北方人爱吃生葱生蒜。山东人特爱吃葱，吃煎饼、锅盔，没有葱是不行的。有一个笑话：婆媳吵嘴，儿媳妇跳了井。儿子回来，婆婆说：“可了不得啦，你媳妇跳井啦！”儿子说：“不咋！”拿了一根葱在井口逛了一下，媳妇就上来了。山东大葱的确很好吃，葱白长至半尺，是甜的。江浙人不吃生葱蒜，做鱼肉时放葱，谓之“香葱”，实即北方的小葱，几根小葱，挽成一个疙瘩，叫作“葱结”。他们把大葱叫作“胡葱”，即做菜时也不大用。有一个著名女演员，不吃葱，她和大家一同去体验生活，菜都得给她单做。“文化大革命”斗她的时候，这成了一条罪状。北方人吃炸酱面，必须有几瓣蒜。在长影拍片时，有一天我起晚了，早饭已经开过，我到厨房里和几位炊事员一块吃。那天吃的是炸油饼，他们吃油饼就蒜。我说：“吃油饼哪有就蒜的！”一个河南籍的炊事员说：“嘿！你试试！”果然，“另一个味儿”。

我前几年回家乡，接连吃了几天鸡鸭鱼虾，吃腻了，我跟家里人说："给我下一碗阳春面，弄一碟葱，两头蒜来。"家里人看我生吃葱蒜，大为惊骇。

有些东西，本来不吃，吃吃也就习惯了。我曾经夸口，说我什么都吃，为此挨了两次捉弄。一次在家乡，我原来不吃芫荽（香菜），以为有臭虫味。一次，我家所开的中药铺请我去吃面，——那天是药王生日，铺中管事弄了一大碗凉拌芫荽，说："你不是什么都吃吗？"我一咬牙吃了。从此，我就吃芫荽了。后来北地，每吃涮羊肉，调料里总要撒上大量芫荽。苦瓜，我原来也是不吃的，——没有吃过。我们家乡有苦瓜，叫作癞葡萄，是放在瓷盘里看着玩，不吃的。一次在昆明，有一位诗人请我下小馆子，他要了三个菜：凉拌苦瓜、炒苦瓜、苦瓜汤。他说："你不是什么都吃吗？"从此，我就吃苦瓜了。北京人原来是不吃苦瓜的，近年也学会吃了。不过他们用凉水连"拔"三次，基本上不苦了，那还有什么意思！

有些东西，自己尽可不吃，但不要反对旁人吃。不要以为自己不吃的东西，谁吃，就是岂有此理。比如广东人吃蛇，吃龙虱；傣族人爱吃苦肠，即牛肠里没有完全消化的粪汁，蘸肉吃。这在广东人、傣族人，是没有什么奇怪的。他们爱吃，你管得着吗？不过有些东西，我也以为不吃为宜，比如炒肉芽——腐肉所生之蛆。

总之，一个人的口味要宽一点、杂一点，“南甜北咸东辣西酸”，都去尝尝。对食物如此，对文化也应该这样。

切 脍

《论语·乡党》：“食不厌精，脍不厌细。”中国的切脍不知始于何时。孔子以“食”“脍”对举，可见当时是相当普遍的。北魏贾思勰《齐民要术》提到切脍。唐人特重切脍，杜甫诗累见。宋代切脍之风亦盛。《东京梦华录·三月一日开金明池琼林苑》：“多垂钓之士，必于池苑所买牌子，方许捕鱼。游人得鱼，倍其价买之。临水斫脍，以荐芳樽，乃一时佳味也。”元代，关汉卿曾写过《望江亭中秋切脍》。明代切脍，也还是有的，但《金瓶梅》中未提及，很奇怪。《红楼梦》也没有提到。到了近代，很多人对切脍是怎么回事，都茫然了。

脍是什么？杜诗邵注：“鲙，即今之鱼生、肉生。”更多指鱼生，脍的繁体字是“鲙”，可知。

杜甫《阌乡姜七少府设鲙戏赠长歌》对切脍有较详细的描写。脍要切得极细，“脍不厌细”，杜诗亦云：“无声细下飞碎雪。”脍是切片还是切丝呢？段成式《酉阳杂俎·物革》云“进士段硕常识南孝廉者，善斫脍，縠薄丝缕，轻可吹起”。看起来是片和丝都有的。切脍的鱼不能洗。杜诗云

“落砧何曾白纸湿”，邵注“凡作鲙，以灰去血水，用纸以隔之”，大概是隔着一层纸用灰吸去鱼的血水。《齐民要术》：“切脍人，虽讫亦不得洗手，洗手则脍湿。”加什么作料？一般是加葱的，杜诗：“有骨已剁觜春葱。”《内则》：“鲙，春用葱，夏用芥。”葱是葱花，不会是葱段。至于下不下盐或酱油，乃至酒、酢，则无从臆测，想来总得有点咸味，不会是淡吃。

切脍今无实物可验。杭州楼外楼解放前有名菜醋鱼带把。所谓“带把”，即将活草鱼的脊背上的肉剔下，切成极薄的片，浇好酱油，生吃。我以为这很近乎切脍。我在一九四七年春天曾吃过，极鲜美。这道菜听说现在已经没有了，不知是因为有碍卫生，还是厨师无此手艺了。

日本鱼生我未吃过。北京西四牌楼的朝鲜冷面馆卖过鱼生、肉生。鱼生乃切成一寸见方、厚约二分的鱼片，蘸极辣的作料吃。这与“縠薄丝缕”的切脍似不是一回事。

与切脍有关联的，是“生吃螃蟹活吃虾”。生螃蟹我未吃过，想来一定非常好吃。活虾我可吃得多了。前几年回乡，家乡人知道我爱吃“炝虾”，于是餐餐有炝虾。我们家乡的炝虾是用酒把白虾（青虾不宜生吃）“醉”死了的。解放前杭州楼外楼炝虾，是酒醉而不待其死，活虾盛于大盘中，上覆大碗，上桌揭碗，虾蹦得满桌，客人捉而食之。用广东话说，这才真是“生猛”。听说楼外楼现在也不卖炝虾了，惜哉！

下生蟹活虾一等的，是将虾蟹之属稍加腌制。宁波的梭子蟹是用盐腌过的，醉蟹、醉泥螺、醉蚶子、醉蛏鼻，都是用高粱酒“醉”过的。但这些都还是生的。因此，都很好吃。

我以为醉蟹是天下第一美味。家乡人贻我醉蟹一小坛。有天津客人来，特地为他剁了几只。他吃了一小块，问：“是生的？”就不敢再吃。

“生的”，为什么就不敢吃呢？法国人、俄罗斯人，吃牡蛎，都是生吃。我在纽约南海岸吃过鲜蚌，那绝对是生的，刚打上来的，而且什么作料都不搁，经我要求，服务员才给了一点胡椒粉。好吃吗？好吃极了！

为什么“切脍”生鱼活虾好吃？曰：存其本味。

我以为“切脍”之风，可以恢复。如果觉得这不卫生，可以依照纽约南海岸的办法：用“远红外”或什么东西处理一下，这样既不失本味，又无致病之虞。如果这样还觉得“硌应”，吞不下，吞下要反出来，那完全是观念上的问题。当然，我也不主张普遍推广，可以满足少数老饕的欲望，“内部发行”。

河　豚

阅报，江阴有人食河豚中毒，经解救，幸得不死。杨花扑面，节近清明，这使我想起，正是吃河豚的时候了。苏东坡诗：

竹外桃花三两枝，
春江水暖鸭先知。
蒌蒿满地芦芽短，
正是河豚欲上时。

梅圣俞诗：

河豚当是时，
贵不数鱼虾。

宋朝人是很爱吃河豚的，没有真河豚，就用了不知什么东西做出河豚的样子和味道，谓之“假河豚”，聊以过瘾，《东京梦华录》等书都有记载。

江阴当长江入海处不远，产河豚最多，也最好。每年春天，鱼市上有很多河豚卖。河豚的脾气很大，用小木棍捅捅它，它就把肚子鼓起来，再捅，再鼓，终至成了一个圆球。江阴河豚品种极多。我所就读的南菁中学的生物实验室里搜集了各种河豚，浸在装了福尔马林的玻璃器内。有的很大，有的小如金钱龟。颜色也各异，有带青绿色的，有白的，还有紫红的。这样齐全的河豚标本，大概只有江阴的中学才能搜集得到。

河豚有剧毒。我在读高中一年级时，江阴乡下出了一件命案，“谋杀亲夫”。“奸夫”“淫妇”在游街示众后，同时枪决。毒死亲夫的东西，即是一条煮熟的河豚。因为是“花案”，那天街的两旁有很多人鹄立伫观。但是实在没有什么好看，奸夫淫妇都蠢而且丑，奸夫还是个黑脸的麻子。这样的命案，也只能出在江阴。

但是河豚很好吃，江南谚云：“拚死吃河豚。”豁出命去，也要吃，可见其味美。据说整治得法，是不会中毒的。我的几个同学都曾约定请我上家里吃一次河豚，说是“保证不会出问题”。江阴正街上有一饭馆，是卖河豚的。这家饭馆有一块祖传的木板，刷印保单，内容是如果在他家铺里吃河豚中毒致死，主人可以偿命。

河豚之毒在肝脏、生殖腺和血，这些可以小心地去掉。这种办法有例可援，即“洁本金瓶梅”是。

我在江阴读书两年，竟未吃过河豚，至今引为憾事。

野　菜

春天了，是挖野菜的时候了。踏青挑菜，是很好的风俗。人在屋里闷了一冬天，尤其是妇女，到野地里活动活动，呼吸一点新鲜空气，看看新鲜的绿色，身心一快。

南方的野菜，有枸杞、荠菜、马兰头……北方野菜则主要的是苣荬菜。枸杞、荠菜、马兰头用开水焯过，加酱油、醋、香油凉拌。苣荬菜则是洗净，去根，蘸甜面酱生吃。或曰吃野菜可以“清火”，有一定道理。野菜多半带一点苦味，凡苦味菜，皆可清火。但是更重要的是吃个新鲜。有诗人说：“这是吃春天。”这话说得有点做作，但也还说得过去。

敦煌变文、《云谣集杂曲子》、打枣杆、挂枝儿、吴歌，乃至《白雪遗音》等等，是野菜。因为它新鲜。

五 味

山西人真能吃醋！几个山西人在北京下饭馆，坐定之后，还没有点菜，先把醋瓶子拿过来，每人喝了三调羹醋。邻座的客人直瞪眼。有一年我到太原去，快过春节了。别处过春节，都供应一点好酒，太原的油盐店却都贴出一个条子："供应老陈醋，每户一斤。"这在山西人是大事。

山西人还爱吃酸菜，雁北尤甚。什么都拿来酸，除了萝卜白菜，还包括杨树叶子，榆树钱儿。有人来给姑娘说亲，当妈的先问，那家有几口酸菜缸。酸菜缸多，说明家底子厚。

辽宁人爱吃酸菜白肉火锅。

北京人吃羊肉酸菜汤下杂面。

福建人、广西人爱吃酸笋。我和贾平凹在南宁，不爱吃招待所的饭，到外面瞎吃。平凹一进门，就叫："老友面！""老友面"者，酸笋肉丝氽汤下面也，不知道为什么叫作"老友"。

傣族人也爱吃酸。酸笋炖鸡是名菜。

延庆山里夏天爱吃酸饭。把好好的饭焐酸了，用井拔凉水一和，呼呼地就下去了三碗。

都说苏州菜甜，其实苏州菜只是淡，真正甜的是无锡。无锡炒鳝糊放那么多糖！包子的肉馅里也放很多糖，没法吃！

四川夹沙肉用大片肥猪肉夹了洗沙蒸，广西芋头扣肉用大片肥猪肉夹芋泥蒸，都极甜，很好吃，但我最多只能吃两片。

广东人爱吃甜食。昆明金碧路有一家广东人开的甜品店，卖芝麻糊、绿豆沙，广东同学趋之若鹜。"番薯糖水"即用白薯切块熬的汤，这有什么好喝的呢？广东同学曰："好嘢！"

北方人不是不爱吃甜，只是过去糖难得。我家曾有老保姆，正定乡下人，六十多岁了。她还有个婆婆，八十几了。她有一次要回乡探亲，临行称了两斤白糖，说她的婆婆就爱喝个白糖水。

北京人很保守，过去不知苦瓜为何物，近年有人学会吃了。菜农也有种的了。农贸市场上有很好的苦瓜卖，属于“细菜”，价颇昂。

北京人过去不吃蕹菜，不吃木耳菜，近年也有人爱吃了。

北京人在口味上开放了！

北京人过去就知道吃大白菜。由此可见，大白菜主义是可以被打倒的。

北方人初春吃苣荬菜。苣荬菜分甜荬、苦荬，苦荬相当地苦。

有一个贵州的年轻女演员上我们剧团学戏，她的妈妈远迢迢给她寄来一包东西，是“择耳根”，或名“则尔根”，即鱼腥草。她让我尝了几根。这是什么东西？苦，倒不要紧，它有一股强烈的生鱼腥味，实在招架不了！

剧团有一干部，是写字幕的，有时也管杂务。此人是个吃辣的专家。他每天中午饭不吃菜，吃辣椒下饭。全国各地的，少数民族的，各种辣椒，他都千方百计地弄来吃，剧团到上海演出，他帮助搞伙食，这下好，不会缺辣椒吃。原以为上海辣椒不好买，他下车第二天就找到一家专卖各种辣椒的铺子。上海人有一些是能吃辣的。

我的吃辣是在昆明练出来的，曾跟几个贵州同学在一起用青辣椒在火上烧烧，蘸盐水下酒。平生所吃辣椒亦多矣，什么朝天椒、野山椒，都不在话下。我吃过最辣的辣椒是在越南。一九四七年，由越南转道往上海，在海防街头吃牛肉粉，牛肉极嫩，汤极鲜，辣椒极辣，一碗汤粉，放三四丝辣椒就辣得不行。这种辣椒的颜色是橘黄色的。在川北，听说有一种辣椒本身不能吃，用一根线吊在灶上，汤做得了，把辣椒在汤里涮涮，就辣得不得了。云南佧佤族有一种辣椒，叫“涮涮辣”，与川北吊在灶上的辣椒大概不相上下。

四川不能说是最能吃辣的省份。川菜的特点是辣且麻，——搁很多花椒。四川的小面馆的墙壁上黑漆大书三个字：麻辣烫。麻婆豆腐、干煸牛肉丝、棒棒鸡，不放花椒不行。花椒得是川椒，捣碎，菜做好了，最后再放。

周作人说他的家乡整年吃咸极了的咸菜和咸极了的咸鱼。浙东人确实吃得很咸。有个同学，是台州人，到铺子里吃包子，掰开包子就往里倒酱油。口味的咸淡和地域是有关系的。北京人说南甜北咸东辣西酸，大体不错。河北、东北人口重，福建菜多很淡。但这与个人的性格习惯也有关。湖北菜并不咸，但闻一多先生却嫌云南蒙自的菜太淡。

中国人过去对吃盐很讲究，如桃花盐、水晶盐，“吴盐胜雪”，现在则全国都吃再制精盐。只有四川人腌咸菜还坚持用自贡产的井盐。

我不知道世界上还有什么国家的人爱吃臭。

过去上海、南京、汉口都卖油炸臭豆腐干。长沙火宫殿的臭豆腐因为一个大人物年轻时常吃而出名。这位大人物后来还去吃过，说了一句话：“火宫殿的臭豆腐还是好吃。”“文化大革命”中火宫殿的影壁上就出现了两行大字：

> 最高指示：
>
> 火宫殿的臭豆腐还是好吃。

我们一个同志到南京出差，他的爱人是南京人，嘱咐他带一点臭豆腐干回来。他千方百计，居然办到了。带到火车上，引起一车厢的人强烈抗议。

除豆腐干外，面筋、百叶（千张）皆可臭。蔬菜里的莴苣、冬瓜、豇豆皆可臭。冬笋的老根咬不动，切下来随手就扔进臭坛子里。——我们那里很多人家都有个臭坛子，一坛子“臭卤”。腌芥菜挤下的汁放几天即成“臭卤”。臭物中最特殊的是臭苋菜秆。苋菜长老了，主茎可粗如拇指，高三四尺，截成二寸许小段，入臭坛。臭熟后，外皮是硬的，里面的芯成果冻状。噙住一头，一吸，芯肉即入口中。这是佐粥的无上妙品。我们那里叫作“苋菜秸子”，湖南人谓之“苋菜咕”，因为吸起来“咕”的一声。

北京人说的臭豆腐指臭豆腐乳。过去是小贩沿街叫卖的：

“臭豆腐，酱豆腐，王致和的臭豆腐。”臭豆腐就贴饼子，熬一锅虾米皮白菜汤，好饭！现在王致和的臭豆腐用很大的玻璃方瓶装，很不方便，一瓶一百块，得很长时间才能吃完，而且卖得很贵，成了奢侈品。我很希望这种包装能改进，一器装五块足矣。

我在美国吃过最臭的“气死”（干酪），洋人多闻之掩鼻，对我说起来实在没有什么，比臭豆腐差远了。

甚矣，中国人口味之杂也，敢说堪为世界之冠。

肉食者不鄙

狮子头

狮子头是淮安菜。猪肉肥瘦各半，爱吃肥的亦可肥七瘦三，要“细切粗斩”，如石榴米大小（绞肉机绞的肉末不行），荸荠切碎，与肉末同拌，用手抟成招柑大的球，入油锅略炸，至外结薄壳，捞出，放进水锅中，加酱油、糖，慢火煮，煮至透味，收汤放入深腹大盘。

狮子头松而不散，入口即化，北方的“四喜丸子”不能与之相比。

周总理在淮安住过，会做狮子头，曾在重庆红岩八路军办事处做过一次，说："多年不做了，来来来，尝尝！"想必做得很成功，因为语气中流露出得意。

我在淮安中学读过一个学期，食堂里有一次做狮子头，一大锅油，狮子头像炸麻团似的在油里翻滚，捞出，放在碗里上笼蒸，下衬白菜。一般狮子头多是红烧，食堂所做却是白汤，我觉最能存其本味。

镇江肴蹄

镇江肴蹄，盐渍，加硝，放大盆中，以巨大石块压之，至肥瘦肉都已板实，取出，煮熟，晾去水汽，切厚片，装盘。瘦肉颜色殷红，肥肉白如羊脂玉，入口不腻。

吃肴肉，要蘸镇江醋，加嫩姜丝。

乳腐肉

乳腐肉是苏州松鹤楼的名菜，制法未详。我所做乳腐肉乃以意为之。猪肋肉一块，煮至六七成熟，捞出，俟冷，切大片，每片须带肉皮，肥瘦肉，用煮肉原汤入锅，红乳腐碾烂，加冰糖、黄酒，小火焖。乳腐肉嫩如豆腐，颜色红亮，下饭最宜。汤汁可蘸银丝卷。

腌笃鲜

上海菜。鲜肉和咸肉同炖，加扁尖笋。

东坡肉

浙江杭州、四川眉山，全国到处都有东坡肉。苏东坡爱吃猪肉，见于诗文。东坡肉其实就是红烧肉，功夫全在火候。先用猛火攻，大滚几开，即加作料，用微火慢炖，汤汁略起小泡即可。东坡论煮肉法，云须忌水，不得已时可以浓茶烈酒代之。完全不加水是不行的，会焦煳粘锅，但水不能多。要加大量黄酒。扬州炖肉，还要加一点高粱酒。加浓茶，我试过，也吃不出有什么特殊的味道。

传东坡有一首诗："无竹令人俗，无肉令人瘦。若要不俗与不瘦，除非天天笋烧肉。"未必可靠，但苏东坡有时是会写这种打油体的诗的。冬笋烧肉，是很好吃。我的大姑妈善做这道菜，我每次到姑妈家，她都做。

霉干菜烧肉

这是绍兴菜，全国各处皆有，但不似绍兴人三天两头就要吃一次，鲁迅一辈子大概都离不开霉干菜。《风波》里所写的蒸得乌黑的霉干菜很诱人，那大概是不放肉的。

黄鱼鲞烧肉

宁波人爱吃黄鱼鲞（黄鱼干）烧肉，广东人爱吃咸鱼烧肉，这都是外地人所不能理解的口味，其实这种搭配是很有道理的。近几年因为违法乱捕，黄鱼产量锐减，连新鲜黄鱼都很难吃到，更不用说黄鱼鲞了。

火　腿

浙江金华火腿和云南宣威火腿风格不同。金华火腿味清，宣威火腿味重。

昆明过去火腿很多，哪一家饭铺里都能吃到火腿。昆明人爱吃肘棒的部位，横切成圆片，外裹一层薄皮，里面一圈肥肉，当中是瘦肉，叫作“金钱片腿”。正义路有一家火腿庄，专卖火腿，除了整只的、零切的火腿，还可以买到火腿脚爪、火腿油。火腿油炖豆腐很好吃。护国路原来有一家本地馆子，叫“东月楼”，有一道名菜“锅贴乌鱼”，乃以乌鱼片两片，中夹火腿一片，在平底铛上烙熟，味道之鲜美，难以形容。前年我到昆明去，向本地人问起东月楼，说是早就没有了，“锅贴乌鱼”遂成《广陵散》。

华山南路吉庆祥的火腿月饼，全国第一。一个重旧秤四两，名曰“四两砣”。吉庆祥还在，而且有了分号，所制四两砣不减当年。

腊　肉

湖南人爱吃腊肉。农村人家杀了猪，大部分都腌了，挂在厨灶房梁上，烟熏成腊肉。我不怎么爱吃腊肉，有一次在长沙一家大饭店吃了一回蒸腊肉，这盘腊肉真叫好。通常的腊肉是条状，切片不成形，这盘腊肉却是切成颇大的整齐的方片，而且蒸得极烂，我没有想到腊肉能蒸得这样烂！入口香糯，真是难得。

夹沙肉・芋泥肉

夹沙肉和芋泥肉都是甜的，夹沙肉是川菜，芋泥肉是广西菜。厚膘豚肩肉，煮半熟，捞出，沥去汤，过油灼肉皮起泡，候冷，切大片，两片之间不切通，夹入豆沙，装碗笼蒸，蒸至四川人所说“烂而不烂”倒扣在盘里，上桌，是为夹沙肉。芋泥肉做法与夹沙肉相似，芋泥较豆沙尤为细腻，且有芋香，味较夹沙肉更胜一筹。

白肉火锅

白肉火锅是东北菜。其特点是肉片极薄，是把大块肉冻实了，用刨子刨出来的，故入锅一涮就熟，很嫩。白肉火锅用海蛎子（蚝）作锅底，加酸菜。

烤乳猪

烤乳猪原来各地都有，清代满汉餐席上必有这道菜，后来别处渐渐没有，只有广东一直盛行，大饭店或烧腊摊上的烤乳猪都很好。烤乳猪如果抹一点甜面酱卷薄饼吃，一定不亚于北京烤鸭。可惜广东人不大懂得吃饼，一般烤乳猪只作为冷盘。

豆　腐

豆腐点得比较老的，为北豆腐。听说张家口地区有一个堡里的豆腐能用秤钩钩起来，扛着秤杆走几十里路。这是豆腐吗？点的较嫩的是南豆腐。再嫩即为豆腐脑。比豆腐脑稍老一点的，有北京的“老豆腐”和四川的豆花。比豆腐脑更嫩的是湖南的水豆腐。

豆腐压紧成形，是豆腐干。

卷在白布层中压成大张的薄片，是豆腐片。东北叫干豆腐。压得紧而且更薄的，南方叫百叶或千张。

豆浆锅的表面凝结的一层薄皮撩起晾干，叫豆腐皮，或叫油皮。我的家乡则简单地叫作皮子。

豆腐最简便的吃法是拌。买回来就能拌。或入开水锅略烫，去豆腥气。不可久烫，久烫则豆腐收缩发硬。香椿拌豆腐是拌豆腐里的上上品。嫩香椿头，芽叶未舒，颜色紫赤，嗅之香气扑鼻，入开水稍烫，梗叶转为碧绿，捞出，揉以细盐，候冷，切为碎末，与豆腐同拌（以南豆腐为佳），下香油数滴。一箸入口，三春不忘。香椿头只卖得数日，过此则叶绿梗硬，香气大减。其次是小葱拌豆腐。北京有歇后语："小葱拌豆腐—— 一清二白。"可见这是北京人家家都吃的小菜。拌豆腐特宜小葱，小葱嫩、香。葱粗如指，以拌豆腐，滋味即减。我和林斤澜在武夷山，住一招待所。斤澜爱吃拌豆腐，招待所每餐皆上拌豆腐一大盘，但与豆腐同拌的是青蒜。青蒜炒回锅肉甚佳，以拌豆腐，配搭不当。北京人有用韭菜花、青椒糊拌豆腐的，这是侉吃法，南方人不敢领教。而南方人吃的松花蛋拌豆腐，北方人也觉得岂有此理。这是一道上海菜，我第一次吃到却是在香港的一家上海饭馆里，是吃阳澄湖大闸蟹之前的一道凉菜。北豆腐、松花蛋切成小骰子块，同拌，无姜汁蒜泥，只少放一点盐而已。好吃吗？用上海话说：蛮崭格！用北方话说：旱香瓜——另一个味儿。咸鸭蛋拌豆腐也是南方菜，但必须用敝乡所产"高邮咸蛋"。高邮咸蛋蛋黄色如朱砂，多油，和豆腐拌在一起，红白相间，只是颜色即可使人胃口大开。别处的咸鸭蛋，尤其是北方的，蛋黄色浅，又无油，却不中吃。

烧豆腐大体可分为两大类：用油煎过再加料烧的；不过油煎的。

北豆腐切成厚二分的长方块，热锅温油两面煎。油不必多，因豆腐不吃油。最好用平底锅煎。不要煎得太老，稍结薄壳，表面发皱，即可铲出，是名“虎皮”。用已备好的肥瘦各半熟猪肉，切大片，下锅略煸，如葱、姜、蒜、酱油、绵白糖，兑入原猪肉汤，将豆腐推入，加盖猛火煮二三开，即放小火咕嘟。约十五分钟，收汤，即可装盘。这就是“虎皮豆腐”。如加冬菇、虾米、辣椒及豆豉即是“家乡豆腐”。或加菌油，即是湖南有名的“菌油豆腐”——菌油豆腐也有不用油煎的。

“文思和尚豆腐”是清代扬州有名的素菜，好几本菜谱著录，但我在扬州一带的寺庙和素菜馆的菜单上都没有见到过。不知道文思和尚豆腐是过油煎了的，还是不过油煎的。我无端地觉得是油煎了的，而且无端地觉得是用黄豆芽吊汤，加了上好的口蘑或香蕈、竹笋，用极好秋油，文火熬成。什么时候材料凑手，我将根据想象，试做一次文思和尚豆腐。我的文思和尚豆腐将是素菜荤做，放猪油，放虾子。

虎皮豆腐切大片，不过油煎的烧豆腐则宜切块，六七分见方。北方小饭铺里肉末烧豆腐，是常备菜。肉末烧豆腐亦称家常豆腐。烧豆腐里的翘楚，是麻婆豆腐。相传有陈婆婆，脸上有几粒麻子，在乡场上摆一个饭摊，挑油的脚夫路过，常到她的饭摊上吃饭，陈婆婆把油桶底下剩的油刮下来，给他们烧豆腐。后来大人先生也特意来吃她烧的豆腐。于是麻婆豆腐名闻遐迩。陈麻婆是个值得纪念的人物，中国烹饪史上应为她大书一笔，因为麻婆豆腐确实很好吃。做麻婆豆腐的要领是：一要油多。二要用牛肉末。我曾做过多次麻婆豆腐，都不是那个味儿，后来才知道我用的是瘦猪肉末。牛肉末不能用猪肉末代替。三是要用郫县豆瓣，豆瓣须剁碎。四是要用文火，俟汤汁渐渐收入豆腐，才起锅。五是起锅时要撒一层川花椒末。一定得用川花椒，即名为“大红袍”者。用山西、河北花椒，味道即差。六是盛出就吃。如果正在喝酒说话，应该把说话的嘴腾出来。麻婆豆腐必须是：麻、辣、烫。

昆明最便宜的小饭铺里有小炒豆腐。猪肉末，肥瘦，豆腐捏碎，同炒，加酱油，起锅时下葱花。这道菜便宜，实惠，好吃。不加酱油而用盐，与番茄同炒，即为番茄炒豆腐。番茄须烫过，撕去皮，炒至成酱，番茄汁渗入豆腐，乃佳。

砂锅豆腐须有好汤，骨头汤或肉汤，小火炖，至豆腐起蜂窝，方好。砂锅鱼头豆腐，用花鲢（即胖头鱼）头，劈为两半，下冬菇、扁尖（腌青笋）、海米，汤清而味厚，非海参鱼翅可及。

“汪豆腐”好像是我的家乡菜。豆腐切成指甲盖大的小薄片，推入虾子酱油汤中，滚几开，勾薄芡，盛大碗中，浇一勺熟猪油，即得。叫作“汪豆腐”，大概因为上面泛着一层油。用勺舀了吃。吃时要小心，不能性急，因为很烫。滚开的豆腐，上面又是滚开的油，吃急了会烫坏舌头。我的家乡人喜欢吃烫的东西，语云：“一烫抵三鲜。”乡下人家来了客，大都做一个汪豆腐应急。周巷汪豆腐很有名。我没有到过周巷，周巷汪豆腐好，我想无非是虾子多，油多。近年高邮新出一道名菜：雪花豆腐，用盐，不用酱油。我想给家乡的厨师出个主意：加入蟹白（雄蟹白的油即蟹的精子），这样雪花豆腐就更名贵了。

不知道为什么，北京的老豆腐现在见不着了，过去卖老豆腐的摊子是很多的。老豆腐其实并不老，老，也许是和豆腐脑相对而言。老豆腐的佐料很简单：芝麻酱、腌韭菜末。爱吃辣的浇一勺青椒糊。坐在街边摊头的矮脚长凳上，要一碗老豆腐，就半斤旋烙的大饼，夹一个薄脆，是一顿好饭。

四川的豆花是很妙的东西，我和几个作家到四川旅游，在乐山吃饭。几位作家都去了大馆子，我和林斤澜钻进一家只有穿草鞋的乡下人光顾的小店，一人要了一碗豆花。豆花只是一碗白汤，啥都没有。豆花用筷子夹出来，蘸味碟里的佐料吃。味碟里主要是豆瓣。我和斤澜各吃了一碗热腾腾的白米饭，很美。豆花汤里或加切碎的青菜，则为“菜豆花”。北京的豆花庄的豆花乃以鸡汤煨成，过于讲究，不如乡坝头的豆花存其本味。

北京的豆腐脑过去浇羊肉口蘑渣熬成的卤。羊肉是好羊肉，口蘑渣是碎黑片蘑，还要加一勺蒜泥水。现在的卤，羊肉极少，不放口蘑，只是一锅稠糊糊的酱油黏汁而已。即便是过去浇卤的豆腐脑，我觉得也不如我们家乡的豆腐脑。我们那里的豆腐脑温在紫铜扁钵的锅里，用紫铜平勺盛在碗里，加秋油、滴醋、一点点麻油，小虾米、榨菜末、芹菜（药芹即水芹菜）末。清清爽爽，而多滋味。

中国豆腐的做法多矣，不胜记载。四川作家高缨请我们在乐山的山上吃过一次豆腐宴，豆腐十好几样，风味各别，不相雷同。特点是豆腐的质量极好。掌勺的老师傅从磨豆腐到烹制，都是亲自为之，绝不假手旁人。这一顿豆腐宴可称寰中一绝！

豆腐干南北皆有。北京的豆腐干比较有特点的是熏干。熏干切长片拌芹菜，很好。熏干的烟熏味和芹菜的芹菜香相得益彰。花干、苏州干是从南边传过来的，北京原先没有。北京的苏州干只是用味精取鲜，苏州的小豆腐干是用酱油、糖、冬菇汤煮出后晾得半干的，味长而耐嚼。从苏州上车，买两包小豆腐干，可以一直嚼到郑州。香干亦称茶干。我在小说《茶干》中有较细的描述：

……豆腐出净渣，装在一个个小蒲包里，包口扎

> 紧，入锅，码好，投料，加上好抽油，上面用石头压实，文火煨煮。要煮很长时间。煮得了，再一块一块从蒲包里倒出来。这种茶干是圆形的，周围较厚、中间较薄，周身有蒲包压出来的细纹，……这种茶干外皮是深紫黑色的，掰开了，里面是浅褐色的。很结实，嚼起来很有咬劲，越嚼越香，是佐茶的妙品，所以叫作“茶干”。

茶干原出界首镇，故称“界首茶干”。据说乾隆南巡，过界首，曾经品尝过。

干丝是淮扬名菜。大方豆腐干，快刀横披为片，刀工好的师傅一块豆腐干能片十六片；再立刀切为细丝。这种豆腐干是特制的，极坚致，切丝不断，又绵软，易吸汤汁。旧本只有拌干丝。干丝入开水略煮，捞出后装高足浅碗，浇麻油酱醋。青蒜切寸段，略焯，五香花生米搓去皮，同拌，尤妙。煮干丝的兴起也就是五六十年的事。干丝母鸡汤煮，加开洋（大虾米）、火腿丝。我很留恋拌干丝，因为味道清爽，现在只能吃到煮干丝了。干丝本不是“菜”，只是吃包子烧麦的茶馆里，在上点心之前喝茶时的闲食。现在则是全国各地淮扬菜系的饭馆里都预备了。我在北京常做煮干丝，成了我们家的保留节目。北京很少遇到大白豆腐干，只能用豆腐片或百叶切丝代替。口感稍差，味道却不逊色，因为我的煮干丝里下了干贝。煮干丝没有什么诀窍，什么鲜东西都可往里搁。干丝上桌前要放细切的姜丝，要嫩姜。

臭豆腐是中国人的一大发明。我在上海、武汉都吃过。长沙火宫殿的臭豆腐毛泽东年轻时常去吃。后来回长沙，又特意去吃了一次，说了一句话："火宫殿的臭豆腐还是好吃。"这就成了"最高指示"，写在照壁上。火宫殿的臭豆腐遂成全国第一。油炸臭豆腐干，宜放辣椒酱、青蒜。南京夫子庙的臭豆腐干是小方块，用竹签像冰糖葫芦似的穿起来卖，一串八块。昆明的臭豆腐不用油炸，在炭火盆上搁一个铁箅子，臭豆腐干放在上面烤焦，别有风味。

在安徽屯溪吃过霉豆腐，长条豆腐，长了二寸长的白色的绒毛，在平底锅中煎熟，蘸酱油辣椒青蒜吃。凡到屯溪者，都要去尝尝。

豆腐乳各地都有。我在江西进贤参加土改，那里的农民家家都做腐乳。进贤原来很穷，没有什么菜吃，顿顿都用豆腐乳下饭。做豆腐乳，放大量辣椒面，还放柚子皮，味道非常强烈。广西桂林、四川忠县、云南路南所出豆腐乳都很有名，各有特点。腐乳肉是苏州松鹤楼的名菜，肉味极醇，入口即化。广东点心很多都放豆腐乳，叫作"南乳××饼"。

南方人爱吃百叶。百叶结烧肉是宁波、上海人家常吃的菜。上海老城隍庙的小吃店里卖百叶结：百叶包一点肉馅，打成结，煮在汤里，要吃，随时盛一碗。一碗也就是四五只百叶结。北方的百叶缺韧性，打不成结，一打结就断。百叶可入臭卤中腌臭，谓之“臭千张”。

杭州知味观有一道名菜：炸响铃。豆腐皮（如过干，要少润一点水），瘦肉剁成细馅，加葱花细姜末，入盐，把肉馅包在豆腐皮内，成一卷，用刀剁成寸许长的小段，下油锅炸得馅熟皮酥，即可捞出。油温不可太高，太高豆皮易煳。这菜嚼起来发脆响，形略似铃，故名响铃。做法其实并不复杂。肉剁极碎，成泥状（最好用刀背剁），平摊在豆腐皮上，折叠起来，如小钱包大，入油炸，亦佳。不入油炸，而以酱油冬菇汤煮，豆皮层中有汁，甚美。北京东安市场拐角处解放前有一家肉店宝华春，兼卖南味熟肉，卖一种酒菜：豆腐皮切细条，在酱肉汤中煮透，捞出，晾至微干，很好吃，不贵。现在宝华春已经没有了。豆腐皮可做汤。炖酥腰（猪腰炖汤）里放一点豆腐皮，则汤色雪白。

寻常茶话

袁鹰编《清风集》约稿。我对茶实在是个外行。茶是喝的，而且喝得很勤，一天换三次叶子。每天起来第一件事，便是坐水，沏茶。但是毫不讲究。对茶叶不挑剔。青茶、绿茶、花茶、红茶、沱茶、乌龙茶，但有便喝。茶叶多是别人送的，喝完了一筒，再开一筒，喝完了碧螺春，第二天就可以喝蟹爪水仙。但是不论什么茶，总得是好一点的。太次的茶叶，便只好留着煮茶叶蛋。《北京人》里的江泰认为喝茶只是“止渴生津利小便”，我以为还有一种功能，是：提神。《陶庵梦忆》记闵老子茶，说得神乎其神。我则有点像董日铸，以为“浓、热、满三字尽茶理”。我不喜欢喝太烫的茶，沏茶也不爱满杯。我的家乡说为客人斟茶斟酒："酒要满，茶要浅"，茶斟得太满是对客人不敬，甚至是骂人。于是就只剩下一个字：浓。我喝茶是喝得很酽的。曾在机关开会，有女同志尝了我的一口茶，说是"跟药一样"。因此，写不出关于茶的文章。要写，也只是些平平常常的话。

我读小学五年级那年暑假，我的祖父不知怎么忽然高了兴，要教我读书。"穿堂"的右侧有两间空屋。里间是佛堂，挂了一幅丁云鹏画的佛像，佛的袈裟是朱红的。佛像下，是一尊乌斯藏铜佛。我的祖母每天早晚来烧一炷香。外间本是个贮藏室，房梁上挂着干菜，干的粽叶。靠墙有一坛"臭卤"，面筋、百叶、笋头、苋菜秸都放在里面臭。临窗设一方桌，便是我的书桌。祖父每天早晨来讲《论语》一章，剩下的时间由我自己写大小字各一张。大字写《圭峰碑》，小字写《闲邪公家传》，都是祖父从他的藏帖里拿来给我的。隔日作文一篇。还不是正式的八股，是一种叫作"义"的文体，只是解释《论语》的内容。题目是祖父出的。我共作了多少篇"义"，已经不记得了。只记得有一题是"孟子反不伐义"。

祖父生活俭省，喝茶却颇考究。他是喝龙井的，泡在一个深栗色的扁肚子的宜兴砂壶里，用一个细瓷小杯倒出来喝。他喝茶喝得很酽，一次要放多半壶茶叶。喝得很慢，喝一口，还得回味一下。

他看看我的字，我的“义”，有时会另拿一个杯子，让我喝一杯他的茶。真香。从此，我知道龙井好喝，我的喝茶浓酽，跟小时候的熏陶也有点关系。

后来我到了外面，有时喝到龙井茶，会想起我的祖父，想起孟子反。

我的家乡有“喝早茶”的习惯，或者叫作“上茶馆”。上茶馆其实是吃点心，包子、蒸饺、烧麦、千层糕……茶自然是要喝的。在点心未端来之前，先上一碗干丝。我们那里原先没有煮干丝，只有烫干丝。干丝在一个敞口的碗里堆成塔状，临吃，堂倌把装在一个茶杯里的佐料——酱油、醋、麻油浇入。喝热茶、吃干丝，一绝！

抗日战争时期，我在昆明住了七年，几乎天天泡茶馆。“泡茶馆”是西南联大学生特有的说法。本地人叫作“坐茶馆”，“坐”，本有消磨时间的意思，“泡”则更胜一筹。这是从北京带过去的一个字，“泡”者，长时间地沉溺其中也，与“穷泡”“泡蘑菇”的“泡”是同一语源。联大学生在茶馆里往往一泡就是半天。干什么的都有。聊天、看书、写文章。有一位教授在茶馆里读梵文。有一位研究生，可称泡茶馆的冠军。此人姓陆，是一怪人。他曾经徒步旅行了半个中国，读书甚多，而无所著述，不爱说话。他简直是“长”在茶馆里。上午、下午、晚上，要一杯茶，独自坐着看书。他连漱洗用具都放在一家茶馆里，一起来就到茶馆里洗脸刷牙。听说他后来流落在四川，穷困潦倒而死，悲夫！

昆明茶馆里卖的都是青茶，茶叶不分等次，泡在盖碗里。文林街后来开了一家“摩登”茶馆，用玻璃杯卖绿茶、红茶——滇红、滇绿。滇绿色如生青豆，滇红色似“中国红”葡萄酒，茶叶都很厚。滇红尤其经泡，三开之后，还有茶色。我觉得滇红比祁（门）红、英（德）红都好，这也许是我的偏见。当然比斯里兰卡的“利普顿”要差一些——有人喝不来“利普顿”，说是味道很怪。人之好恶，不能勉强。我在昆明喝过烤茶。把茶叶放在粗陶的烤茶罐里，放在炭火上烤得半焦，倾入滚水，茶香扑人。几年前在大理街头看到有烤茶罐卖，犹豫一下，没有买。买了，放在煤气灶上烤，也不会有那样的味道。

一九四六年冬，开明书店在绿杨村请客。饭后，我们到巴金先生家喝工夫茶。几个人围着浅黄色的老式圆桌，看陈蕴珍（萧珊）“表演”：濯器、炽炭、注水、淋壶、筛茶。每人喝了三小杯。我第一次喝工夫茶，印象深刻。这茶太酽了，只能喝三小杯。在座的除巴先生夫妇，有靳以、黄裳。一转眼，四十三年了。靳以、萧珊都不在了。巴老衰病，大概没有喝一次工夫茶的兴致了。那套紫砂茶具大概也不在了。

我在杭州喝过一杯好茶。

一九四七年春，我和几个在一个中学教书的同事到杭州去玩。除了“西湖景”，使我难忘的两样方物，一是醋鱼带把。所谓“带把”，是把活草鱼的脊肉剔下来，快刀切为薄片，其薄如纸，浇上好酱油，生吃。鱼肉发甜，鲜脆无比。我想这就是中国古代的“切脍”。一是在虎跑喝的一杯龙井。真正的狮峰龙井雨前新芽，每蕾皆一旗一枪，泡在玻璃杯里，茶叶皆直立不倒，载浮载沉，茶色颇淡，但入口香浓，直透脏腑，真是好茶！只是太贵了。一杯茶，一块大洋，比吃一顿饭还贵。狮峰茶名不虚传，但不得虎跑水不可能有这样的味道。我自此方知道，喝茶，水是至关重要的。

我喝过的好水有昆明的黑龙潭泉水。骑马到黑龙潭，疾驰之后，下马到茶馆里喝一杯泉水泡的茶，真是过瘾。泉就在茶馆檐外地面，一个正方的小池子，看得见泉水咕嘟咕嘟往上冒。井冈山的水也很好，水清而滑。有的水是“滑”的，“温泉水滑洗凝脂”并非虚语。井冈山水洗被单，越洗越白；以泡“狗古脑”茶，色味俱发，不知道水里含了什么物质。天下第一泉、第二泉的水，我没有喝出什么道理。济南号称泉城，但泉水只能供观赏，以泡茶，不觉得有什么特点。

有些地方的水真不好。比如盐城。盐城真是“盐城”，水是咸的。中产以上人家都吃“天落水”。下雨天，在天井上方张了布幕，以接雨水，存在缸里，备烹茶用。最不好吃的水是菏泽。菏泽牡丹甲天下，因为菏泽土中含碱，牡丹喜碱性土。我们到菏泽看牡丹，牡丹极好，但茶没法喝。不论是青茶、绿茶，沏出来一会儿就变成红茶了，颜色深如酱油，入口咸涩。由菏泽往梁山，住进招待所后，第一件事便是赶紧用不带碱味的甜水沏一杯茶。

老北京早起都要喝茶，得把茶喝“通”了，这一天才舒服。无论贫富，皆如此。一九四八年我在午门历史博物馆工作。馆里有几位看守员，岁数都很大了。他们上班后，都是先把带来的窝头片在炉盘上烤上，然后轮流用水氽坐水沏茶。茶喝足了，才到午门城楼的展览室里去坐着。他们喝的都是花茶。北京人爱喝花茶，以为只有花茶才算是茶（很多人把茉莉花叫作“茶叶花”）。我不太喜欢花茶，但好的花茶例外，比如老舍先生家的花茶。

老舍先生一天离不开茶。他到莫斯科开会，苏联人知道中国人爱喝茶，倒是特意给他预备了一个热水壶。可是，他刚沏了一杯茶，还没喝几口，一转脸，服务员就给倒了。老舍先生很愤慨地说：“他不知道中国人喝茶是一天喝到晚的！”一天喝茶喝到晚，也许只有中国人如此。外国人喝茶都是论“顿”的，难怪那位服务员看到多半杯茶放在那里，以为老先生已经喝完了，不要了。

龚定庵以为碧螺春天下第一。我曾在苏州东山的“雕花楼”喝过一次新采的碧螺春。“雕花楼”原是一个华侨富商的住宅，楼是进口的硬木造的，到处都雕了花，八仙庆寿、福禄寿三星、龙、凤、牡丹……真是集恶俗之大成。但碧螺春真是好。不过茶是泡在大碗里的，我觉得这有点煞风景。后来问陆文夫，文夫说碧螺春就是讲究用大碗喝的。茶极细，器极粗，亦怪！

在湖南桃源喝过一次擂茶。茶叶、老姜、芝麻、米，加盐放在一个擂钵里，用硬木的擂棒“擂”成细末，用开水冲开，便是擂茶。我在《湘行二记》中对擂茶有较详细的叙述，为省篇幅，不再抄引。

茶可入馔，制为食品。杭州有龙井虾仁，想不恶。裘盛戎曾用龙井茶包饺子，可谓别出心裁。日本有茶粥。《俳人的食物》说俳人小聚，食物极简单，但“唯茶粥一品，万不可少”。茶粥是啥样的呢？我曾用粗茶叶煎汁，加大米熬粥，自以为这便是“茶粥”了。有一阵子，我每天早起喝我所发明的茶粥，自以为很好喝。四川的樟茶鸭子乃以柏树枝、樟树叶及茶叶为熏料，吃起来有茶香而无茶味。曾吃过一块龙井茶心的巧克力，这简直是恶作剧！用上海人的话说：巧克力与龙井茶实在完全“弗搭界”。

图书在版编目(CIP)数据

汪曾祺散文 / 汪曾祺著. —杭州：浙江文艺出版社，2019.4

(名家散文珍藏)

ISBN 978-7-5339-5529-8

Ⅰ.①汪… Ⅱ.①汪… Ⅲ.①散文集—中国—当代 Ⅳ.①I267

中国版本图书馆 CIP 数据核字(2018)第 297247 号

责任编辑 朱 立

装帧设计 观止堂_未氓

责任印制 吴春娟

汪曾祺散文 WANG ZENGQI SANWEN

汪曾祺 著

出版 浙江文艺出版社

网址 www.zjwycbs.cn

经销 浙江省新华书店集团有限公司

制版 杭州天一图文制作有限公司

印刷 浙江新华数码印务有限公司

开本 850 毫米 × 1168 毫米 1/32

字数 130 千字

印张 7.125

插页 5

印数 0001-6000

版次 2019 年 4 月第 1 版 2019 年 4 月第 1 次印刷

书号 ISBN 978-7-5339-5529-8

定价 **42.00** 元

版权所有 违者必究

(如有印、装质量问题，请寄承印单位调换)